»Der Held dieser Geschichte, Franz, ist nicht erfunden. Wir kennen ihn als den ›Heiligen Franziskus‹.« Warum erzählt Luise Rinser diese Geschichte des Franz von Assisi, die in historischen Aufzeichnungen überliefert ist, und vor allem wie erzählt sie vom Leben und Wirken dieses jungen »Feuergeistes«, des Dichters und Sängers aus dem Mittelalter, der als reicher Kaufmannssohn ein wilder Playboy und Verschwender war, bis er als Bettler fortging ins Gebirge zu den Armen und Aussätzigen?

Für Luise Rinser war Francesco Bernardone ein »geistgetriebener Revolutionär«, ein Unbequemer und Außenseiter in einer Zeit, die über die Jahrhunderte hinweg in vielem der heutigen gleicht: Mit der Gründung der ersten Fabrik (Webereien) begann damals der Privatkapitalismus, das Geld der Fabrikanten und Kaufleute, der Fürsten und der Kirche führte zu Machtkämpfen und Kriegen, macht die Armen ärmer und unglücklicher. Luise Rinser geht den historischen Überlieferungen nach und projiziert das Leben des Heiligen Franziskus in unsere Zeit. Ein Zeitungsreporter sucht im Assisi des 20. Jahrhunderts in den Bergen nach der Kommune des Franz, befragt die Leute, die Gegner und Anhänger. Wie Franz von Assisi heute gelebt hätte – als Urwald-Arzt oder Arbeiterpriester, als Sozialhelfer oder Gefängnispsychologe –, darüber wird der Zeitungsreporter berichten, skeptisch und doch angerührt wie ein Historiker vor achthundert Jahren.

Luise Rinser wurde 1911 in Pitzling/Oberbayern geboren. 1940 erschien ihr erster Roman ›Die gläsernen Ringe‹. Es folgten Berufsverbot und 1944 Verhaftung. Die Erlebnisse dieser Zeit schildert sie in ›Gefängnistagebuch‹ (1949); ihre Autobiographie, ›Den Wolf umarmen‹ erschien 1981. Luise Rinser lebt heute als freie Schriftstellerin in Rocca di Papa bei Rom. 1979 erhielt sie die Roswitha-Gedenkmedaille der Stadt Bad Gandersheim, 1987 den Heinrich-Mann-Preis der Akademie der Künste der DDR, 1988 den Elisabeth-Langgässer-Literaturpreis, 1991 den Internationalen Literaturpreis Ignazio Silone. Die Werke von Luise Rinser sind bei S. Fischer und im Fischer Taschenbuch Verlag erschienen.

Luise Rinser

Bruder Feuer

Fischer
Taschenbuch
Verlag

374.–377. Tausend: November 1997

Veröffentlicht im Fischer Taschenbuch Verlag GmbH,
Frankfurt am Main, Dezember 1978

Lizenzausgabe mit freundlicher Genehmigung des
K. Thienemann Verlags, Stuttgart
© K. Thienemann Verlag in Stuttgart, 1975
Gesamtherstellung: Clausen & Bosse, Leck
Printed in Germany
ISBN 3-596-22124-2

Aus dem »Sonnengesang« des Franziskus

Laudato si, mi Signore
cum tucte le Tue Creature
spetialmente messor lo frate sole
lo quale jorna et allumini
noi per loi, et ellu e bellu
e radiante cum grande splendore:
de Te, altissimo, porta significatione.

Sei gelobt, mein Herr,
mit allen Deinen Geschöpfen,
vor allem Herr Bruder Sonne,
der den Tag bringt und uns leuchtet;
schön ist er
und strahlend in großem Glanz:
von Dir, Höchster, ist er uns Gleichnis.

*

Laudato si, mi Signore,
per sora luna e le stelle
in celu l'ai formate clarite
e pretiose e belle.

Sei gelobt, mein Herr,
durch Schwester Mond und die Sterne,
an den Himmel hast du sie gestellt,
klar und kostbar schön.

*

Laudato si, mi Signore,
per frate vento e per aere,
e nubilo e sereno et onne tempo
per lo quale a le Tue Creature
dai sustentamento.

Sei gelobt, mein Herr,
durch Bruder Wind und die Lüfte,
und Wolken und heiteren Himmel
und jegliches Wetter,
durch welches du Deine Geschöpfe erhältst.

*

Laudato si, mi Signore,
per sor' aqua,
la quale è multo utile et humile
e pretiosa e casta.

Sei gelobt, mein Herr,
durch Schwester Wasser,
sehr nützlich und demütig
und köstlich und keusch.

*

Laudato si, mi Signore,
per frate focu,
per lo quale ennallumini la nocte,
et ello e bello e jocondo
e robustoso e forte.

Sei gelobt, mein Herr,
durch Bruder Feuer,
durch den du die Nacht erleuchtest.
Schön ist er und fröhlich
und kräftig und stark.

*

Laudato si, mi Signore,
per sora nostra matre terra,
la quale ne sustenta e governa
e produce diversi fructi
con coloriti flori et herba.

Sei gelobt, mein Herr,
durch unsre Schwester, die Mutter Erde,
die uns trägt und ernährt
und vielerlei Frucht bringt
und farbige Blumen und Gras.

*

Aus dem »Sonnengesang«

Laudato si, mi Signore, per quelli
ke perdonano per lo Tuo amore
e sustengono infirmitate e tribulatione.
Beati quelli kel sosterrano in pace
ka da Te, altissimo, siranno incoronati.

Sei gelobt, mein Herr, durch jene,
die verzeihen um Deiner Liebe willen,
und Unsicherheit und Traurigkeit ertragen.
Selig, die in Frieden verharren.
Sie werden von Dir gekrönt.

*

Laudato si, mi Signore,
per sora nostra morte corporale.
Beati quelli ke trovera ne le Tue sanctissime voluntati.
Ka la morte secunda nol fara male.

Sei gelobt, mein Herr,
durch unsre Schwester, den leiblichen Tod.
Selig die, welche sie findet einverstanden
mit Deinem heiligsten Willen.
Ihnen kann der zweite Tod nichts schaden.

*

Laudate e benedicite mi Signore!

Lobt und preist meinen Herrn!

Der Held dieser Geschichte, Franz, ist nicht erfunden. Er hat gelebt, und zwar vor rund achthundert Jahren. Er hieß Francesco Bernardone und stammte aus der italienischen Stadt Assisi. Wir kennen ihn als den »Heiligen Franziskus«. Die meisten Leute wissen von ihm nicht viel mehr, als daß er (was noch dazu nicht genau stimmt) der Gründer des Franziskaner-Ordens sei, daß er mit den Tieren sprach und in freiwilliger Armut lebte, obgleich oder weil er aus einem reichen Hause kam. Aber wieso nennt man ihn einen »Heiligen«, und was ist das überhaupt, und was interessiert uns heute das, und warum sollten wir uns mit diesem Mann aus dem 13. Jahrhundert beschäftigen? Wissen wir überhaupt etwas Sicheres über ihn?

Zunächst einmal: *daß* und *warum* er gerade heute interessant ist, werden wir sehen. Daß wir Sicheres über ihn wissen, kann mit gutem Grund behauptet werden: sein Leben wurde schon in seinerZeit aufgezeichnet, und zwar von mehreren Beobachtern. Ihre Aufzeichnungen sind keine frommen »Legenden«, sondern historische Berichte. Sie schildern uns diesen Franz als einen »Feuergeist«, einen sehr temperamentvollen, leidenschaftlichen jungen Mann, einen Dichter und Sänger, der als Sohn eines reichen Textilkaufmanns zuerst ein wilder Playboy war und dann ein draufgängerischer Offizier im Krieg, ein Liebhaber vieler Mädchen und »Parties«. Aber eines Tages ändert er sein Leben radikal, kümmert sich um Arme und Aussätzige, verließ sein reiches Elternhaus, ging ohne Geld ins Gebirge, führte das Leben eines Bettlers, meditierte in einer

Höhle monatelang über Jesus und die allumfassende Liebe und wurde dadurch so geläutert, daß jedermann, der ihm begegnete, seine starke Ausstrahlung von Reinheit und Liebe fühlte. Andere junge Leute schlossen sich ihm an, um mit ihm ein Leben der Armut und Meditation zu führen, aber auch überall dort kostenlos arbeitend zu helfen, wo Not am Mann war. Sie schlossen sich zu kleinen Kommunitäten zusammen und durften durchaus kein Geld besitzen und auch sonst nichts über das Allernötigste hinaus. Besitzlosigkeit, Gewaltlosigkeit, Hilfsbereitschaft und Liebe (zu Gott, Mensch, Tier, Pflanze-zu allem, was ist), das war ihre »Ordensregel«. Aber es war kein Orden, Franz wollte keinen Orden gründen, er wollte keine Klöster, keinen Landbesitz, keine Sonderrechte und keine Statuten. Er wollte eine religiöse *Bewegung* in der Art des »Pfingstgeists«, wie wir heute vielleicht sagen würden. Schließlich hat ihn die Kirche um der Ordnung willen doch dazu gebracht, daß er einer Ordensgründung zustimmte. Er fügte sich, aber er wollte es nicht. Den Orden gibt es heute noch, er hat auch einen Zweig für Frauen und einen für Laien, und er hat ziemlich viele Mitglieder. Sie arbeiten in Krankenhäusern, Waisenhäusern, bei Schwer-Erziehbaren, kurz: überall dort, wo man Menschen braucht, denen es nicht um Geld geht, sondern um Liebe. Aber auch außerhalb des Ordens blieb der »franziskanische Geist« bis heute lebendig. Überall, wo ein Mensch gewaltlos, mitleidig, ohne Berechnung hilfsbereit und freiwillig »arm« lebt, das heißt: das Geld nicht für einen Wert erachtet, dort ist der »franziskanische Geist« am Werk. Viele der besten Menschen in unsrer Umgebung sind, ohne daß wir es wissen, ausdrücklich Anhänger des Franziskus. So stark ist dieser franziskanische Geist, daß er achthundert Jahre überdauerte und sich stets erneuert.

Wieso kam eigentlich dieser Francesco Bernardone aus Assisi dazu, so eine Bewegung ins Leben zu rufen?

Wir müssen ihn aus seiner Zeit heraus verstehen. Diese seine Zeit gleicht in vielem der unsern, nur sozusagen spiegelverkehrt: wenn unsere Zeit das Ende des Privatkapitalismus ist, so war jene der Anfang. Damals wurden die ersten Fabriken (Webereien) gegründet, damals begannen die Fabrikanten und Kaufleute reich zu werden, das große Geld wanderte von den regierenden Fürsten zu den Kaufleuten und Bürgern, das Industrie-Zeitalter hatte im Keim begonnen. Es war eine unruhige Zeit voller Kleinkriege, aber auch voller unseliger Kämpfe im Vorderen Orient: die Europäer zogen aus, um Palästina, das »Heilige Land«, den »Heiden wegzunehmen und zu christlichem Besitz zu machen«. »Kreuzzüge« nannte man diese Kriegs- und Raubzüge. Wie heute, so war auch damals Palästina ein Herd der Unruhe.

Auch innerhalb der christlichen Kirche war Unruhe, wie heute. Auch damals war vielen Christen die Kirche zu reich und mischte sich zu sehr in die Politik, vor allem in die Finanz-Politik der Welt. Es gab damals eine von Frankreich ausgehende »Armutsbewegung«, vor allem jene der »Waldenser«, die radikale Armut und Wehrdienstverweigerung verlangte und lebte. Sie gründeten auch richtige religiöse Kommunen mit gemeinsamem Besitz. Sie wollten den Geist Jesu wieder in die weltlich gewordene Kirche tragen. Viele von ihnen wurden von der Kirche als Ketzer verbrannt. Der Scheiterhaufen hätte auch das Schicksal des Franziskus sein können, doch war er klug, und er hatte auch einige mächtige Beschützer in Rom. Man kann nicht sagen, daß Franziskus ein Rebell war und ein Feind der Kirche und der staatlichen Ordnung; aber er war ein geistgetriebener Revolutionär und dabei ein Dichter, Sänger und Mystiker. Er war großartig unbequem in seinerZeit, man kam nicht um diesen brennenden Dornbusch herum, man fühlte etwas von seiner Glut, auch die Kirche mußte unter seinem Einfluß manches reformieren, zum Beispiel die zu reichen Klöster andrer Orden. Franziskus schuf ein neues Modell des echten Christen in einer verrotteten Zeit ohne Maßstäbe. Dieses Modell und dieser franziskanische Maßstab sind heute wieder aktuell. Wir sind verwirrt und verzweifelt, alles ändert sich zu rasch, auch politische und gesellschaftliche Antworten auf unsere dringlichen Fragen gelten immer nur für kurze Zeit. Wir fallen ins Leere, wenn wir keinen Halt bekommen. Franziskus kann uns Antworten geben auf viele Fragen.

Freilich können wir ihn nicht nachahmen, wir können uns von ihm nur beraten lassen.

Aber wie wäre Franziskus und was täte er, wenn er *heute* lebte? Wäre er ein Mönch in einem strengen Orden? Lebte er in einem buddhistischen Ashram? Wäre er ein Politiker, in welcher Partei wäre er, in der christdemokratischen, der sozialistischen, der kommunistischen? (Jede ist denkbar, nur nicht die faschistische.) Wäre er einer der »Maharishis« und »Gurus« aus Indien, mit Tausenden von Anhängern und mit steinreichen Gönnern hinter sich? Wäre er Entwicklungshelfer in einem Land der Dritten Welt? Wäre er Arzt im Urwald, wäre er Lepra-Pfleger bei den Verlassensten? Wäre er Arbeiterpriester, lebte und arbeitete er zusammen mit anderen Arbeitern in einer Fabrik oder einem Bergwerk? Wäre er unter dem Hitler-Regime mit den Juden in eines der Vernichtungslager gegangen? Hätte er, wie der katholische Priester Kolbe, sein Leben angeboten, um damit das eines Familienvaters zu retten? Wäre er Pfarrer oder Psychologe bei jugendlichen Kriminellen in einem Gefängnis? Wäre er Sozialhelfer in einer Obdachlosensiedlung? Ich fragte neulich einen mir zufällig begegnenden fremden Franziskaner, was seiner Meinung nach Franziskus heute wäre. Der Pater sagte ohne zu zögern: »Er wäre Journalist und schriebe über alle Nöte der Unterdrückten, wo auch immer, oder er wäre Armen-

Anwalt; auf jeden Fall stünde er mitten im Leben und wäre voller Mit-Leid und Tatkraft.«

Ich meine aber, er wäre mehr als das: er wäre, was er war, nämlich ein glühend Frommer, ein Gott-Verbundener, ein »Heiliger«. Und damit würde er viele schockieren, so wie er's in seiner Zeit tat. Er tat nämlich viel mehr Schockierendes, als ich erzähle. Aber die Szene, da er im Rathaus sich splitternackt auszog und seine Kleider dem geizigen Vater vor die Füße warf, die ist wirklich so gewesen. Anderes, ebenfalls historisch Bezeugtes, schrieb ich nicht auf, weil es allzu bestürzend ist.

Heilige sind religiöse Genies und sind darum schwer zu begreifen.

Da ich Franz so darstellte, als lebte er heute, habe ich auch eine in unsere Zeit passende Form und die nüchterne Sprache eines skeptischen Zeitungsreporters gewählt. Im ganzen versuchte ich etwa das zu tun, was ein Pop-Musiker tut, wenn er eine Partita von Bach für unsern heutigen Geschmack ändert: die Partita bleibt, aber sie klingt anders, da neue, elektronische Instrumente verwendet werden und der Rhythmus ein anderer ist. Man kann also sagen, ich habe eine Verpoppung der Geschichte des Franziskus von Assisi versucht.

Übrigens starb Franziskus ziemlich jung, er war erst zweiundvierzig Jahre alt. Er war immer jung, denn Jungsein bedeutet: die »Erstlingsliebe« bewahren, den großen Schwung der Hoffnung und Liebe, der einen Menschen fähig macht zu fliegen, während die Immer-Alten mühsam und verbittert auf der Erde kriechen.

Franziskus ist der Heilige der jungen und der sich immer wandelnden Menschen.

26. August

Höchst unangenehmer Auftrag: einen Artikel schreiben über diesen Verrückten, der in den Bergen eine Kommune gegründet hat und dem jetzt der Prozeß gemacht werden soll. Anklagegrund Verführung Jugendlicher zur Flucht aus dem Elternhaus und so weiter. Interessiert mich überhaupt nicht. Kommunen gibt es überall, solche und solche, die Idee ist allmählich nicht mehr neu. Aber der Chef sagt: »Interessante Sache, ein junger Mann aus reichem bürgerlichem Haus verläßt sein Wohlleben, geht ohne Geld ins Gebirge, lebt einige Jahre verborgen, der Vater läßt ihn polizeilich suchen, vergeblich. Immer mehr Jugendliche verschwinden aus der Stadt, hinterlassen Briefe, die alle ungefähr gleich lauten: ›Sucht mich nicht, ich gehe fort, um ein besseres, sinnvolleres Leben zu führen.‹ Unter den Jugendlichen sind Minderjährige und unter ihnen Mädchen.«

»Aha«, sage ich.

»Nichts ›aha‹«, sagt der Chef, »gerade das ist dem jungen Mann nicht vorgeworfen.«

»Ja, was denn dann?«

»Verhexung.«

»Wie, bitte?«

»Verhexung. Die Leute sagen, anders sei nicht zu erklären, daß die Jugendlichen diesem Verrückten in Scharen nachlaufen und bei ihm aushalten, obwohl das Leben, das er sie zu führen zwingt oder auch nicht zwingt, hart ist. Der junge Mann muß also magische Gewalt haben und auch anwenden.«

14

»Aber ich bitte Sie, Chef, das glauben Sie doch selber nicht!«

»Wer sagt, daß ich es glaube? Was ich glaube, ist: die Leute halten den jungen Mann für einen Hexer, der verfolgt und erledigt werden muß.«

»Warum geht die Polizei nicht direkt gegen ihn vor? Kann sie Demonstrationen zerstreuen, kann sie auch so eine Kommune auflösen oder etwa nicht?«

»Sie wagt es nicht.«

»Sie wagt es nicht?«

»Nein, weil man dem jungen Mann eigentlich nur Gutes nachsagen kann.«

»Jetzt versteh' ich überhaupt nichts mehr.«

»Ich auch nicht. Und deshalb sollen Sie ja morgen dorthin fahren.«

»Wohin, bitte?«

»Nach Assisi. Sie bleiben so lange dort, bis Sie Stoff genug haben für eine schöne saubere Story, meinetwegen eine ganze Serie. Wir könnten sogar eine Sondernummer machen, wenn Sie die Sache interessant genug aufziehen. Gespräche auf Tonband, wenn möglich. Und Sie fotografieren ja auch?«

»Chef, ich mag Verrückte nicht, ich mag Zauberglauben nicht, ich mag das Mittelalter nicht, ich mag die Berge dort oben nicht, ich mag die Polizei nicht. Ich flehe Sie an: Schicken Sie einen Kollegen.«

»Hab keinen frei, das heißt keinen, der mir sowas machen kann. Also, Sie fahren morgen früh los und bleiben so lang es nötig ist.«

»Chef, Sie wissen nicht, was Sie mir damit antun. Aber schön: ich gehe.«

Assisi. Das war vielleicht ein Tag! Ich bin hundemüde, will aber doch noch aufschreiben, was ich erlebt habe, sonst glaube ich es mir morgen selber nicht mehr.

Zwei und eine halbe Stunde Autofahrt von Rom nach Assisi. Einmal verfahre ich mich und muß einen Bauern fragen, der auf einem Feld Mais schneidet.

»Nach Assisi wollen Sie? Soso, nach Assisi, und warum?« Schon mache ich den Mund auf, um zu sagen: »Mann, was geht das Sie an.« Aber da ahne ich: hier beginnt vielleicht schon die Story, der Bauer schaut mich so sonderbar an. Ich antworte also freundlich: »Ist das was Besonderes, wenn einer nach Assisi will? Es fahren doch viele Fremde hin?«

»Aber nicht jetzt, und an Ihrer Stelle würde ich auch nicht gerade jetzt hinfahren.«

»Warum nicht?«

»Weil es leicht sein kann, daß einer von dort nicht zurückkommt.«

»So? Kommt das vor? Gibt es vielleicht Räuber dort?«

»Räuber? Wie man's nimmt. Aber sicher ist man dort nicht mehr. Ich will nichts gesagt haben. Fahren Sie nur hin, meinetwegen. Fahren Sie auf die Hauptstraße zurück und bei der nächsten Kreuzung rechts, immer bergauf, zwanzig Kilometer.«

Ich sehe, daß der Bauer heimlich das Zeichen gegen Verhexung macht: die Hand zur Faust geschlossen, nur Zeigefinger und kleiner Finger ausgestreckt zum Boden zeigend, jetzt kann ihm nichts mehr passieren, so meint er wohl. Der Aberglaube scheint hier zu blühen, das fängt ja lustig an. Assisi ist eine Bergstadt wie viele andere auch: ein Gewirr von Dächern und Türmen und Toren innerhalb der alten Stadtmauer. Ich suche mir ein anständiges Hotel, ich sage: »Für drei Tage.« Dann gehe ich mit Foto-

Apparat und Recorder in die Stadt. An der Ecke ist eine Bar, an der Theke ein sehr hübsches Mädchen, ich bestelle einen Kaffee. Bis die Maschine ihn ausspuckt, schaue ich mir das Mädchen an. Es spült Gläser und sieht nicht zu mir her, das ärgert mich. Ich versuche ein Gespräch:

»Ziemlich heiß noch für Ende August!«

(Keine Antwort.)

»Eine schöne Stadt, in der Sie leben. Sind Sie von hier?«

(Keine Antwort).

»Gute Bergluft und weitab von den Aufregungen der Großstädte.«

Jetzt schaut sie kurz her, sie macht sogar den Mund auf.

»So?« sagt sie.

»Stimmt's nicht? Gibt es hier auch Aufregungen?« (Keine Antwort). Sie schiebt mir die volle Tasse und die Zuckerdose hin und wendet sich wieder ihren Gläsern zu, ich merke, daß sie die schon gespülten noch einmal spült, ich sage es ihr, sie antwortet nicht. Jetzt wage ich eine direkte Frage: »Sie meinen, es gebe hier Sensationen? Zum Beispiel sensationelle Prozesse?«

Jetzt blickt sie wieder kurz auf, sie ist zornig, aber sie sagt nichts. Ich trinke meinen Kaffee aus und gehe. An der Tür wende ich mich um und sehe, daß sie weint. Aber warum? Ich wäre gern umgekehrt, um sie zu trösten, aber weinenden Mädchen gegenüber bin ich schüchtern. Ich gehe also. Aber warum war sie so zornig? Hat sie etwas mit diesem Prozeß zu tun?

Auf der Straße gegenüber ist ein Obststand. Vielleicht sagt mir die Alte etwas. Ich kaufe ein Kilo Birnen. »Ganz schön heiß heute«, sage ich.

»Gut für den Wein«, sagt sie.

»Eine schöne, ruhige Stadt«, sage ich.

»Mhm«, sagt sie.

Sehr gesprächig scheinen die Leute hier nicht zu sein. Sie

wiegt die Birnen ab, und ich frage: »Könnten Sie mir sagen, wo der junge Mann wohnt, dem man wegen Verhexung den Prozeß machen will?«

»Ich weiß von nichts.«

Ich merke, daß sie nicht reden will und daß sie lügt, und ich sage eine Gegenlüge: »Ich muß es aber wissen, denn meine Kleine Schwester ist bei ihm, und ich soll sie heimholen.« Sie schlägt die Augen nieder auf eine Art, die verrät, daß sie sehr wohl weiß, wovon die Rede ist, und sagt: »Wenn Sie etwas wissen wollen, was das Gericht angeht, dann müssen Sie eben zum Gericht gehen, ich weiß gar nichts.«

»Danke für die freundliche Auskunft. Und wenn Sie nächstes Mal zur Beichte gehen, dann sagen Sie: Achtes Gebot, ich habe gelogen.« Vor Ärger lasse ich sogar die bezahlten Birnen liegen, und die Alte ruft mir nicht einmal nach, daß ich sie vergessen habe.

Auf einem der vielen Treppchen hockt ein dicker fetter Junge, vielleicht zwölf Jahre alt, er bohrt träumerisch in seiner Nase.

»Du«, sage ich, »kannst du mir helfen, etwas zu finden?« Er nimmt langsam den Finger aus der Nase und schaut mich abschätzend an, dann sagt er: »Haben Sie was verloren?«

»Nein, aber ich will was finden.«

»Haha«, sagt er, das bedeutet: er lacht. Ich merke, daß er nicht dumm ist, im Gegenteil, er ist pfiffig.

»Kannst du mir die Adresse sagen von dem jungen Mann, der eine Kommune gegründet hat und dem so viele junge Leute aus der Stadt nachlaufen. Weißt du überhaupt etwas davon?«

Er schaut mich verächtlich an: »Sie meinen den Waldmenschen, den Verrückten?«

»Ist er verrückt?«

»Die Leute sagen es.«

»Wieso?«

»Weil er ein Waldmensch ist.«

»Aha, das ist logisch.«

Der fette Junge lacht, er hat Sinn für Witz. »Und was meinst *du* über ihn?«

»Ich? Ich meine, daß er spinnt. Alle spinnen, die ihm nachlaufen. Mein großer Bruder ist auch bei denen. Das freut mich.«

»Warum?«

»Weil jetzt ich alles erbe.«

»Wieso?«

»Weil alle, die in die Kommune gehen, nichts mehr wollen, kein Geld und kein Geschäft und gar nichts.«

»Kannst du mir mehr erzählen?«

»Kommt drauf an.«

»Worauf?«

»Wieviel Sie mir dafür geben.«

»Aha. Und wieviel ich dir gebe, das hängt davon ab, wieviel du mir erzählst und ob ich es brauchen kann.«

»Wofür? Sind Sie von der Polizei? Dann sag ich nichts.«

»Nein, ich bin von einer Zeitung. Sagst du mir also was?« (Ich zeige ihm einen Tausend-Lire-Schein). »Genug für den Anfang?«

»Für den Anfang, ja.«

»Also, fang an!«

»Also: Der Verrückte heißt Franz Bernardone. Seine Eltern wohnen da drüben in dem großen Haus am Markt. Es sind die zweitreichsten Geschäftsleute am Ort: Export, Import, Textilien. Der Franz ist der Älteste und der Erbe. Das heißt: er war der Erbe. Aber das ist alles aus.«

»Was: alles?«

»Das schöne Leben mit viel Geld in der Tasche und mit den Mädchen und den Parties und allem.«

»Wieso?«

»Mittendrin auf und davon. Und jetzt kriegt der jüngere Bruder das Geschäft und alles, der hat vielleicht ein Glück!«

»Und warum hat der Franz das alles nicht mehr gewollt?«

Der fette Junge kratzt sich am Rücken.

»Du, hörst du nicht?«

»Doch, aber ich hab schon genug gesagt für das Geld.«

Ich muß lachen. »Weißt du denn noch mehr für mehr Geld?«

»Natürlich.«

»Also, nimm das und erzähl weiter.«

»Weiter: Der Franz hat dem Vater Geld gestohlen und ist fort damit, und das Geld hat er hergeschenkt und ist nie mehr heimgekommen, außer einmal, da hat ihn der Vater mit der Polizei geholt. Der hat einen Vater, sag ich Ihnen, das ist der reinste Geldsack, der stinkt vor Geld, da sind meine Eltern arme Schlucker dagegen, sie haben auch ein Geschäft.«

»Weiter von Franz!«

»Der soll jetzt untersucht werden, ob er wirklich spinnt, er soll zum Psikikater.«

»Zu wem? Ach so, zum Psychiater.«

»Und dann ab mit ihm ins Irrenhaus.«

»Und was meinst du selber wirklich?«

»Das haben Sie schon gefragt.«

Jetzt steht er auf und watschelt davon. Nun, für das Geld hat er ganz gut gearbeitet. Ich frage mich aber, wieviel Geld ich ausgeben werde müssen für Birnen und Kaffee und Bestechungen aller Art, bis ich meine Story beisammen haben werde.

Ich gehe weiter und schaue mir das Textilgeschäft des Bernardone an. Donnerwetter, ist das ein feines Geschäft, und das in einer eher kleinen Stadt. Keine Auslagefenster, keine Preise. Ein junger Mann fragt mich höflich nach meinen Wünschen. Ich wage nicht, ihn einfach nach der Adresse des Franz Bernardone zu fragen, ich tu so, als suchte ich mir einen Stoff aus. Englische Tuche, Schweizer Spitzen, französische Seide, modernste Muster, soviel ich davon verstehe. Gesalzene Preise. Ich sage dem Verkäufer, daß sie mir zu teuer sind und daß ich auch eigentlich einer andern Sache wegen gekommen sei: ich wolle den Besitzer sprechen, den Herrn Franz Bernardone.

Er zuckt nicht mit der Wimper, er sagt: »Sie meinen den Herrn Pietro Bernardone?«

»Nein, den Franz Bernardone.«

»Bedaure, er ist verreist.«

»Können Sie mir seine Adresse geben?«

»Bedaure.«

»Kann ich den Herrn Pietro Bernardone sprechen?«

»In welcher Angelegenheit?«

»Darf ich ihm das selber sagen? Es ist eine Privatsache.«

»Bedaure. Herr Bernardone empfängt zur Zeit keine Besuche.«

Der Mensch ist so glatt, daß ich zu glauben anfange, er sei kein Verkäufer, sondern ein Privatdetektiv, angestellt zur Abwehr spionierender Reporter.

Plötzlich geht im dunklen Hintergrund ein alter gebückter Mann von einer Seite auf die andere und räuspert sich dabei diskret, aber auffällig genug. Der Verkäufer (oder Detektiv) sagt eilfertig: »Verzeihen Sie, ich habe zu tun.«

Er läßt mich einfach stehen. Ich sehe an einem Regal mit Stoffballen einen andern Verkäufer stehen, der mir ein kleines Zeichen gibt. Er begleitet mich auf eine sonderbar höfliche, aber bestimmte Art zur Tür und flüstert mir zu: »Gehen Sie zum Anwalt Rosella.«

Schon ist er wieder in den Laden hineingegangen, die Tür hat sich lautlos geschlossen.

Wenigstens habe ich eine neue Adresse. Die Wohnung des Herrn Rosella ist leicht zu erfragen, die nächstbeste Frau auf der Straße weiß sie, und sie gibt mir die Auskunft mit einer Verschwörermiene, weiß der Teufel warum.

An der Tür des Anwalts ein Schild: Verreist bis 1. September. Nun gut, warte ich eben.

Inzwischen ist es Mittag geworden, ich habe Hunger, ich suche ein Ristorante, ein kleines, in der Hoffnung, dort Leute zu finden, die Zeit haben, sich von mir ausfragen zu lassen. Ich habe Glück, ich bin der erste und einzige Gast. Der Ober ist ein stiller, ernster junger Mann. Ich frage ihn, ob er aus dem Ort stamme. Ja, er ist hier geboren. Ich frage ihn weiter aus.

»Eine schöne Stadt«, sage ich, »und, wie es scheint, reich.«

»Teilweise«, sagt er und lächelt sanft.

»Natürlich teilweise«, sage ich, »es scheint hier sehr reiche Leute zu geben?«

»Einige.«

»Bernardone zum Beispiel.«

»Ja, zum Beispiel.«

»Ist dessen Sohn nicht verrückt geworden?«

»Wer sagt das?« (Der sanfte Ober ist plötzlich ganz wild.)

»Man hat es mir erzählt. Man hat auch gesagt, er verhexe junge Leute, daß sie nicht mehr von ihm loskommen.«

»Geschwätz, bösartiges!«

»Können Sie mir erklären, woher das kommt?«

»Man versteht nicht, was an ihm ist, das einen hält. Er ist anders als alle anderen Leute.«

»Sie kennen ihn gut?«

»Ja und nein. Aber ich habe es ihm zu verdanken, daß ich kein Krimineller geworden bin.«

»Wollen Sie mir darüber etwas erzählen?«

»Gern, und Sie können es überall herumerzählen, es ist wahr. Ich habe einmal einer Bande angehört, wir haben allerhand Dinger gedreht, Autoknackereien und kleine Diebstähle und so. Ich bin immer gut durchgekommen, ich war der jüngste. Und wissen Sie, warum wir solche Sachen gemacht haben? Weil wir es einer anderen Bande nachmachen wollten. Das war die, deren Anführer der Franz Bernardone war. Es waren lauter Kinder reicher Leute, sie hatten die Taschen voller Geld und konnten sich alles leisten, weil ihre Väter reich waren, im Stadtrat saßen, heut noch sitzen und die Kommunalpolitik machen, und es sind die besten Steuerzahler der Stadt, mit denen will es keiner verderben, so hat eben die ganze Stadt ein Auge zugedrückt. Und wir saudummen Proletarierkinder wollten es den Reichen gleichtun mit Geldausgeben und Motorrädern und so. Aber wir hatten ja kein Geld von unsern Eltern. Also nahmen wir's uns, wo wir's eben leicht kriegen konnten. Wir haben die andern, die von der Franz-Bande, gehaßt, das können Sie sich denken. Und einmal habe ich dem Franz aufgelauert, ich hatte stundenlang vor seiner Haustür gewartet, er mußte ja einmal herauskommen. Und er kam heraus, und ich ging ihm nach. Er ging in die Obdachlosensiedlung, das waren damals nur alte verlassene Viehställe, da wohnten noch Ärmere als wir. Ich dachte, was der dort wohl tut. Vielleicht trifft er sich mit einem Mädchen, wer weiß. Ich wartete, bis er zurückkam, und da fing ich Händel an mit ihm. Dann schlug ich ihn und warf ihn in den Graben, er wehrte sich gar nicht, dafür haßte ich ihn noch mehr. Ein paar Tage später lauerte ich ihm wieder auf und stellte ihn: ›Was tust du in der Siedlung, du schleppst Läuse in die Stadt und die Krätze und weiß der Teufel, was für Krankheiten.‹ Er gab keine Antwort, als hätte er mich gar nicht gehört. Er ging einfach weiter. Ich mochte ihn nicht einmal mehr schlagen. Aber die Sache ließ mir keine Ruhe, da ging ich in die Siedlung,

einfach um es dem Franz nachzumachen. Mein Gott, was
für ein Elend ich dort sah. Die Leute wohnten wirklich in
alten Ställen, schliefen auf verfaultem Stroh, Männer und
Frauen und Kinder, alle beisammen, und viele waren
krank. Ich lief heim und brachte einen Korb voller Le-
bensmittel. Ich kam mir ungeheuer gut vor und dachte:
Jetzt bin ich wie Franz. Aber die Leute warfen mich einfach hinaus. Ich verstand das nicht, ich war wie vor den
Kopf geschlagen, ich stand dumm da, und da kam Franz.
Ich sagte: ›Denen bringst du was? Die werfen es doch nur
weg!‹ Er sagte: ›Du mußt das verstehen, sie wollen keine
Almosen, sie wollen Brüderlichkeit.‹ Damit ließ er mich
stehen. Und von dieser Stunde an war mein Leben anders.
Ich verstand das alles selber nicht. Ich merkte nur, daß ich
keine Lust mehr hatte, mich herumzutreiben. Ich fing an,
meiner Mutter bei der Arbeit zu helfen, und eines Tages
traf ich den Franz wieder, und er gab mir die Hand und
sagte: ›Willst du mit mir in die Siedlung gehen? Die Leute
sind krank, ich brauche einen, der mir hilft, sie zu pflegen.‹
Und ich ging mit. Ich möchte später in seine Kommune
gehen, aber ich muß bei meiner kranken Mutter bleiben,
sagt Franz, und er hat recht.«
Ich wollte ihn über das Leben in der Kommune ausfragen,
aber jetzt kamen andere Gäste, und mein sanfter, begeisterter Ober mußte bedienen und hatte keine Zeit mehr
für mich.
Ich dachte, ich könnte eigentlich in die Siedlung gehen, zu
den Obdachlosen, aber ich bin feig vor Krankheiten und
vor der Armut. Ich kann mich nicht richtig benehmen,
entweder bin ich ganz steif und stumm, oder ich bin sentimental und biedere mich an. Mein soziales schlechtes Gewissen ist zwar vorhanden, aber ganz unverbindlich, es
bringt mich zu Worten, nicht zu Taten, so bin ich eben.
Lieber gehe ich in die Bar zu dem hübschen, dem sehr
hübschen Mädchen. Sie ist nicht allein, die Bar ist voller

Burschen um diese Zeit, das hätte ich mir denken können. Nun ja, so bleibe ich eben mitten unter ihnen und schaue das Mädchen an. Sie ist ganz ernst, und keiner der Burschen macht einen dummen oder frechen Scherz, alle respektieren sie. Schließlich gelingt es mir, ihr ein seidenes Taschentüchlein zuzuschieben, und ich sage leise: »Weinen verboten!« Sie schaut mich erschrocken an, dann steckt sie das Tüchlein rasch ein. Ich hatte erwartet, sie würde es nicht annehmen. Was bedeutet das nun, daß sie es tat? Ist sie doch nicht so unnahbar, wie sie tut? Vielleicht kann ich doch einen kleinen Flirt mit ihr haben. Ich lächle sie probeweise an, sie schaut mich groß und ernst an. Ist das nun eine raffinierte Art zu flirten oder was sonst? Ich sage: »Kann ich Sie heut abend sehen?« Sie sagt ganz einfach und gar nicht leise: »Ja, das können Sie; wir schließen um sieben Uhr, erwarten Sie mich an der Ecke.«

Ich bin reichlich verwirrt. Am Morgen ein zornig und bitterlich weinendes Mädchen und jetzt eines, das mir-nichts-dir-nichts mit mir ausgehen will?

Es sind noch zwei Stunden bis zu diesem Treffen. Ich gehe heim ins Hotel, mich schön machen, nämlich rasieren und ein frisches Hemd anziehen.

In der Hotelhalle sitzen zwei Gäste, sichtlich Ausländer. Engländer vermutlich, offenbar verheiratet, haben ein Kind bei sich, ein Mädchen, etwa zehnjährig, scheinen Journalisten zu sein, Mann und Frau, beide, der Typ ist unverkennbar. Sollte mich doch wundern, wenn die nicht das gleiche hier suchen wie ich. Sie schauen mich neugierig und freundlich an. Ich nehme das als Aufforderung, mich zu nähern. Sie laden mich zu einem Drink ein, und schon sind wir mitten im Gespräch, und natürlich reden wir über unsre Arbeit. Die beiden schreiben eine Artikelserie über den Aber- und Wunderglauben in den Mittelmeerländern, und so sind sie auch hierher geraten, um den »Hexer« zu treffen.

»Haben Sie ihn getroffen?« frage ich und bin ganz aufgeregt vor Neugier und Berufsneid.

Sie haben ihn nicht getroffen, obwohl sie stundenlang im Gebirge herumgelaufen waren und schließlich sogar eines der Häuser fanden, die zur Kommune gehören. »Du sollst nicht ›Kommune‹ sagen«, meint die Frau.

»Wie denn?«

»›Kommunität‹ ist besser«, sagt sie.

»Nun ja«, sagt er, »das ist doch gleichgültig.«

Die Frau erwidert nichts darauf, der Mann erzählt weiter:

»Es waren nur zwei Kinder dort, sonst niemand. Das Haus ist ein alter verlassener Bauernhof, man hat ihn renoviert, aber man sieht, daß da keine Fachleute am Werk waren. Auch die Innenräume sind ärmlich.«

»Schön ist es dort«, sagt das kleine Mädchen; aber niemand achtet auf sie, außer mir.

»Man fragt sich«, sagt der Kollege, »was diese Leute mit dem vielen Geld tun, sie müssen ja Millionen verdienen!«

»Was?! Ja, wie denn?«

»Wissen Sie das nicht? Die machen doch Schallplatten. Der Anführer dichtet die Canzoni selber und singt die meisten auch, er soll sehr begabt sein, hörte ich.«

»Ich kann ein Lied von ihm«, sagt die Kleine.

»Du? Das ist doch nicht möglich.«

»Soll ich's singen? Aber es ist italienisch, und ich singe ganz falsche Wörter, ich kann nur ein paar verstehen, die haben mir die Kinder dort in den Sand gezeichnet: luna ist der Mond, und stelle sind die Sterne, und sole ist die Sonne.«

»Sing!« sage ich. Sie tut es. Es ist ein schönes Lied, scheint mir. Aber die Eltern sind ungeduldig.

»So«, sagt der Vater, »jetzt störst du uns aber nicht mehr, bitte. Wir fanden diesen Bernardone also nicht. Die Kinder sagten, er sei auf der anderen Seite des Gebirges, weit weg, dort habe ein Bach den Staudamm durchbrochen,

und alle Leute der Kommune seien dort, um zu helfen, sie
kämen wohl so schnell nicht zurück. Meine Frau sagte:
›Und euch läßt man hier ganz allein, habt ihr nicht Angst?‹
Die Kinder waren erstaunt. ›Wovor Angst?‹ fragten sie.
Wir sagten: ›Es gibt doch böse Menschen, die stehlen und
schießen.‹ Und was, meinen Sie, haben sie geantwortet?
›Es gibt keine bösen Menschen.‹ Haben Sie so was schon
gehört? So werden die erzogen, in lauter Romantik.«
Jetzt mischt sich die Frau ein, sie sagt: »Du erzählst nie
ganz genau. Die Kinder haben gesagt: ›Es gibt keine bösen
Menschen, nur arme und unglückliche, sie werden nur
böse, wenn man böse zu ihnen ist.‹«
»Na schön«, sagt er, »das kommt aufs selbe hinaus. Ich habe
die Kinder gefragt, was sie täten, wenn jemand sie bedrohen
würde. ›Uns bedroht niemand‹, sagten sie, ›wenn jemand
kommt, bieten wir ihm Milch an und Brot und was wir eben
haben, bei uns gibt's nichts zu stehlen.‹
Die beiden sind Waisenkinder, der Franz Bernardone hat
sie auf der Straße aufgelesen, fünf sind es, die andern sind
größer und helfen schon bei der Arbeit der Erwachsenen.
Ich fragte die Kinder, ob sie in die Schule gehen. Sie sagten: ›Das brauchen wir nicht, weil wir einen Professor von
der Universität hier haben, der ist unser Lehrer, und wir
haben einen Deutschen, der ist Arzt, und einen Inder, der
ist Maler, bei dem lernen wir zeichnen, und dann ist noch
ein Geistlicher bei uns, der aber keiner mehr ist. Und von
allen lernen wir, aber der Franz hat das nicht so gern, er
sagt, es gibt schon genug studierte Leute, die nicht besser
werden durchs Studieren, wir brauchen nicht so viele Ge-
lehrte, sagt er, wir brauchen Menschen, die einander helfen und Gott lieben.‹«
»Ja, mit solch reaktionären Parolen werden die und die
andern gespeist. Ich versteh, daß dieser Bernardone sich
viele Feinde macht mit all dem Unsinn.«
»Damit«, sagt die Frau, »macht er sich die Feinde nicht,

die macht er sich nur damit, daß er die Seinen lehrt, ohne
Geld und Machtvorstellungen auszukommen und all das
nicht zu brauchen, was den andern so lebenswichtig
scheint und womit sie regieren.«

»Fang nicht schon wieder damit an«, sagt der Kollege.
»Wir streiten schon seit zwei Tagen. Meine Frau stammt
aus dem katholischen Irland, da ist man anfällig für solche
Verrücktheiten.«

»Verrücktheiten?« sagt die Frau. »Alles, was du nicht verstehst, nennst du verrückt, und bei Gott, du verstehst
wirklich nichts als das, was in deinen englischen Verstand
sofort eingeht.«

»Jawohl«, sagt er, »ich liebe alles, was mit dem Verstand
erfaßt werden kann, und ich verabscheue alles, was dunkel
ist. Die Sache da oben ist dunkel.«

»Für die Blinden ist es überall dunkel«, sagt die Frau.

»Nun gut«, sagt er, »dann bin ich eben blind dafür. Aber
ich bin nicht blind genug, um nicht zu sehen, was eigentlich hinter dieser ganzen Sache steckt. Mir ist der Fall klar.
Es ist so: Diesen Bernardone langweilte sein Leben als
Herrensöhnchen in einer Provinzstadt. Also verschafft er
sich Abwechslungen aller Art, erst macht er als Playboy
Skandale, und als ihn auch das langweilt, denkt er sich was
anderes aus, die normale Rebellion gegen den Papa genügt
nicht, also stärker: Er wirft dem Vater das Geld vor die
Füße und geht auf und davon und sammelt andere gelang-
weilte Büblein und Mägdlein um sich und spielt den geistigen Führer. Er hat sich zur Modellfigur aufgezäumt, sie
verehren ihn wie einen Meister und Parteiführer und Vater
und Ordensabt und Guru zugleich.«

»Haben Sie eigentlich etwas Interessantes für Ihre Arbeit
dort gefunden? Hat er magische Kräfte, ist er ein Hexer?«

»Nicht einmal das.«

Die Frau sagt: »Wie kannst du über ihn reden, du hast ihn
ja nicht getroffen und sagst nur nach, was alle sagen. Ich

meine, er ist wirklich interessant und mehr als das. Daß die Leute ihn einen Hexer nennen und ihn befeinden, verstehe ich: Er ist ganz anders als sie alle, er ist wie aus einer andern Welt.«

Der Kollege lacht: »Da hören Sie es, meine Frau ist auch schon verhext!«

Jetzt mischt sich plötzlich der Portier ein. Es zeigt sich, daß er Englisch versteht und auch leidlich spricht. Er sagt: »Man nennt ihn einen Hexer, weil das ein gutes Mittel ist, die Leute gegen ihn aufzuhetzen und die nötige Stimmung zu machen für einen Prozeß gegen ihn. Seine Feinde sind die Reichen der Stadt. Das gibt zu denken.«

»Und wofür halten Sie ihn?« frage ich den Portier.

»Wissen Sie«, sagt er, »wir Italiener sind immer leicht bereit, ein starkes Wort zu finden, wir nennen Leute rasch Hexer und ebenso rasch Heilige. Daß es auch einfach Menschen gibt, die so sind, wie ein Mensch sein soll, das fällt uns nicht ein.«

»Bravo«, sagt die Frau. »Aber sagen Sie: Wenn ein Mensch so ist, wie er sein soll, ist er dann nicht genau das, was wir einen Heiligen nennen?«

»Oh, du Irin«, sagt ihr Mann. »Ohne Heilige kommt ihr nicht aus.«

»Nein«, sagt die Frau, »ohne Heilige kommen wir alle nicht aus.«

»Hör auf«, sagt ihr Mann. »Jedenfalls werde ich über diesen Bernardone nicht schreiben, das überlasse ich Ihnen.«

Inzwischen ist es sieben Uhr geworden, ich muß unbedingt zu dem Treffen mit dem Mädchen aus der Bar, ich verabschiede mich hastiger, als höflich ist.

Die Bar ist geschlossen, das Mädchen steht an der Ecke, ganz geduldig. Sie hat sich nicht eigens »schön gemacht«, kein Lippenstift und kein Lidschatten; ich bin froh, mich nicht umgezogen zu haben, ich hätte eine komische Figur gemacht bei diesem Bauernmädchen. Aber es reizt mich gar nicht mehr, mit ihr auszugehen. Mit all meiner Reporterschnauzigkeit fällt es mir schwer, sie anzusprechen. Aber sie kommt mir zuvor, sie vertauscht die Rollen, sie bestimmt, wohin wir gehen, sie will einen Spaziergang machen vor die Stadt, sie brauche, sagt sie, frische Luft. Wir gehen also einen schmalen und schlechten steinigen Weg durch Weinberge und kommen zu einem Kapellchen weit draußen. Wir setzen uns auf ein Mäuerchen, die Zikaden geigen, es ist wunderschön, und es wäre die rechte Stimmung für eine Umarmung, aber etwas hält mir die Arme und etwas verschlägt mir die Stimme. Dieses Mädchen macht mich ganz hilflos. Aber dann beginnt sie zu reden. Sie sagt: »Sie wundern sich wohl, daß ich so einfach mit Ihnen ging, ich will es Ihnen erklären. Sie haben mir das Taschentuch gegeben und gesagt ›Weinen ist verboten‹, und damit haben Sie das gleiche gesagt wie einer, der fortging, der, nach dem Sie heute gefragt haben.«

Ich sage: »Ich habe doch nicht gefragt.«

Sie sagt: »Ich weiß doch, daß Sie seinetwegen hierherkamen. Es sind schon manche gekommen, die mich ausfragen wollten nach ihm, aber ich habe nie etwas gesagt. Als Sie mir das Tüchlein gaben und sagten ›Weinen verboten‹, da wußte ich, daß ich Ihnen von ihm erzählen kann.« Ihre Aufrichtigkeit rührt mich, und ich will ebenso aufrichtig sein, ich sage: »Aber ich bin von der Zeitung, ich bin einer der vielen nichtsnutzigen Reporter, die über alles reden und kein Geheimnis bewahren können.«

»Das ist jetzt nicht wichtig«, sagt sie. »Ich weiß, der Franz würde mir erlauben, Ihnen etwas zu erzählen.«

»Warum, wieso?«

Das Mädchen macht mich völlig verwirrt, aber sie nimmt davon keine Notiz, sie will erzählen:

»Ich kenne den Franz seit unserer Kindheit, und später habe ich mich schrecklich in ihn verliebt. Er ist nicht schön und gar nicht mein Typ, er ist eher klein und nicht sehr kräftig. Er hat aber wunderschöne Augen und eine Stimme, die einen verzaubern kann, wirklich, Sie können sie auf den Schallplatten hören. Aber er war ein arger Playboy, er hatte immer Geld und arbeitete nicht und tat, was er wollte, immer zettelte er etwas an, Umzüge und Feste und richtige Gelage, und dabei ging's hoch her und nicht immer... Nun ja, die Leute waren schockiert und mit Recht, wirklich, und der Franz war schlimm, aber wenn er schlimm war, so war's immer anders, als wenn's die andern waren. Wie soll ich das erklären, es war – ja, es hatte einfach Format, verstehen Sie? Und es war etwas in all dem Übermut, das nicht stimmte, etwas... Aber ich will es Ihnen an einem Beispiel sagen. Einmal tanzte er mit mir, und ich war verliebt und im siebten Himmel, und er schien auch verliebt und wild. Auf einmal hielt er mitten im Tanzen ein, schob mich von sich weg und schaute mich sonderbar an, als wäre ich eine Fremde. Dann sagte er: ›Was für ein Leben führen wir, was für ein blödsinnig falsches Leben!‹ Da begriff ich, daß er verzweifelt war. Aber gleich darauf sagte er: ›Ach was, tanzen wir, trinken wir, lieben wir und denken wir nicht ans andere.‹ Aber dann, beim Weitertanzen, sagte er noch einmal und immer wieder vor sich hin: ›Was für ein Leben, was für ein falsches Leben!‹ Am gleichen Abend fand ich ihn dann draußen im Weinberg liegen. Ich hatte ihn gesucht, ich ängstigte mich um ihn, und so fand ich ihn liegen und hörte, wie er mit sich selber redete: ›Ich muß aufhören, ich muß mein Leben ändern, aber wie, aber wie, was soll ich nur tun.‹ Ich setzte mich neben ihn und wollte ihn trösten, aber er merkte gar nichts davon, er war ganz allein mit seiner Verzweiflung, und ich ging wieder fort. Ich dachte: Er hat zuviel getrunken, das ist alles. Aber ich wußte es doch besser. Und eines Tages kam er zu mir und sagte: ›Leb wohl, Paola.‹ Mir blieb das Herz stehen, ich spürte, was für ein Abschied das

31

war. ›Wohin gehst du?‹ fragte ich. Er sagte: ›In die Berge.‹ – ›Was tust du dort?‹ fragte ich. Er sagte: ›Nichts als warten.‹ – ›Und worauf wartest du?‹ fragte ich. Er sagte: ›Ich warte auf eine Antwort.‹ – ›Und wer soll sie dir geben, Franz?‹ Er deutete in die Höhe. ›Der!‹ sagte er, ›der, der mich angerührt hat und der mich haben will.‹ Ich bekam es nun wirklich mit der Angst, vielleicht war er doch verrückt geworden. Aber dann schien er wieder ganz vernünftig, und er sagte: ›Ich muß mit mir ins reine kommen, ich muß allein sein und auf meine innere Stimme hören.‹ – ›Und wann kommst du wieder‹, fragte ich und fing an zu weinen, denn ich wußte jetzt alles, was kommen würde. Da gab er mir ein seidenes Taschentüchlein und sagte: ›Weinen verboten, Paola!‹ Sehen Sie, darum, weil Sie dasselbe taten und sagten, deshalb habe ich Ihnen das alles erzählt.«

»Danke«, sagte ich, »danke, Paola. Können Sie mir noch mehr über Franz erzählen?«

»Ich kam bald danach fort, nach Mailand, zu einer Tante, ich sollte dort den Haushalt lernen, ich mußte zwei Jahre dort bleiben und hörte nichts mehr von Franz, aber als ich zurückkam, hörte ich um so mehr und so Verschiedenes, daß ich mir überhaupt keinen Reim mehr darauf machen konnte. Erst nach und nach verstand ich das alles. Die Leute sagten, Franz sei wirklich verrückt geworden, er laufe in einen alten Sack gekleidet in den Bergen herum und rede mit den Tieren. Die andern sagten, er sei ein überspannter Linksradikaler geworden, der eine gewaltlose Revolution predige und Anhänger gewonnen habe, die mit ihm im Gebirge lebten und das Geld verabscheuten und überall die Besitzlosigkeit predigten. Andere sagten, er habe den religiösen Wahn, das Reich Gottes auf Erden gründen zu wollen. Andere sagten, er sei ein Heiliger geworden und büße für die Sünden seiner Jugend. Und andere sagten, er sei ein ideologischer Krimineller, er habe zum Beispiel eine Unterschlagung gemacht und das Geld mit seiner Bande durchgebracht. Aber alles war Unsinn, es war ganz, ganz anders.«

»Was für eine Geschichte mit der Unterschlagung ist das?«

»Einmal sollte Franz im Auftrag seines Vaters ein paar Ballen Stoff nach Foligno bringen und dort verkaufen. Das tat er, aber er brachte das Geld nicht zurück und kam auch selber nicht zurück. Er hatte, das weiß man inzwischen, das Geld zum größten Teil verschenkt, und zwar an einen Priester, dessen Gemeinde so arm war, daß Kirche und Pfarrhaus noch verfallener waren als die Häuser der Armen dort. Und Franz war dort geblieben und half beim Wiederaufbau. Als sein Vater das erfuhr, nachdem er von einer langen Geschäftsreise zurückkam, war er außer sich und ließ seinen Sohn von der Polizei holen und vor Gericht bringen, und es kam zu einer schrecklichen Szene. Der Vater schrie: ›Du Herumtreiber, Asozialer, Krimineller, gib mir mein Geld zurück!‹ Und Franz gab ihm den nur mehr halbvollen Beutel. Dann zog er sich aus, schweigend, Stück für Stück legte er ab und machte ein Bündel daraus und legte es auf den Boden, und als er splitternackt dastand vor allen Leuten, sagte er: ›Nimm alles zurück, was dir gehört, jetzt bist du von mir befreit, und ich bin's von dir, ich habe keinen Vater mehr.‹ Dann drehte er sich um und ging fort und kam nie wieder.«

»Tolle Geschichte«, sagte ich. Paola schaut mich mißfällig an, »toll« war offenbar nicht das Wort, das sie von mir erwartet hat, aber was kann ich schon sagen. Ich warte, bis sie weiterredet. Erst weint sie wieder ein bißchen, dann gibt sie sich einen entschiedenen Ruck und spricht weiter, es fällt ihr aber schwer, das merke ich.

Sie sagt: »Es gab noch einen anderen Skandal seinetwegen. Das war, als Klara in seine Kommune ging.«

33

»Wer ist Klara?«

»Sie ist eine junge Gräfin, ihrem Vater gehört fast das ganze Land ringsum. Er ist viel reicher noch als der Vater Bernardone. Klara war sehr schön, und sie hatte an jedem Finger zehn Verehrer, aber sie wollte nicht heiraten, und niemand wußte warum. Es kann sein, daß sie schon als Kind den Franz gekannt hat, später jedenfalls hat sie ihn geliebt, sicher, und er liebt sie auch, das weiß ich, aber es war nie eine der üblichen Liebesgeschichten. Der Franz hatte viele Mädchen, aber die Klara war für ihn etwas ganz anderes, von Anfang an.«

(Das Mädchen weint schon wieder.)

Endlich redet sie weiter: »Sein Vater wollte, daß sie sich heiraten, er wollte das Geld in seine Familie bekommen, und eine Gräfin als Schwiegertochter hätte ihm gut ge- paßt. Aber weder Franz noch Klara...« (Schon wieder Tränen.)

Ich sage: »Sie wollten mir Fakten erzählen, Sie wollten mir von der Skandalgeschichte erzählen.«

»Aber das tu ich ja! Später, als Franz schon seine erste Kommune gegründet hatte, verschwand Klara eines Nachts und ging zu ihm. Franz wußte, daß sie kommen würde, und alle in der Kommune wußten es, und sie war- teten feierlich auf sie. Sie kam in ihrem schönsten Ballkleid und mit all ihrem Schmuck, und sie führten sie in die Hütte, die sie damals bewohnten oben auf dem Berg, und dort zog sie ihre Kleider aus und legte den Schmuck ab, und Franz gab ihr einen alten Bauernkittel und Holzpan- toffeln, und dann schnitt er ihr das schöne, lange blonde Haar ab.«

»Verrückt!« sage ich, aber Paola schaut mich wieder streng mißbilligend an. »Den Schmuck und die Kleider verkauften sie und gaben das Geld den Armen in der Stall- siedlung. Und von da an lebte Klara in der Kommune. Aber nicht genug noch: eine Weile später gingen auch

Klaras Schwestern, die Agnes und die Beatrice, in die Kommune, und zuletzt auch noch die Mutter.«

»Donnerwetter!« rufe ich, das kann ich mir nicht verkneifen, und auch nicht die Frage: »Und Sie, Paola?«

Sie fängt schon wieder an zu weinen, ich nehme ihre Hand, aber sie läßt sie mir nicht, sie wischt sich mit ihr die Tränen ab und fährt tapfer fort: »Ich war auch dort, aber ich habe mir alles verdorben, ich war zu sehr verliebt in Franz, und eines Tages hat er gesagt: ›Paola, du verführst mich, ich bin kein Heiliger, verstehst du, und du störst meine Arbeit. Dieses Leben hier ist nichts für Leute, die Wünsche haben. Hier kann man nur leben, wenn man auf alles verzichtet hat, das heißt: auf sich selber. Geh und lerne es. Wenn du meinst, du kannst es, dann komm wieder, nicht eher.‹«

»Sie können es noch nicht, Paola?«

»Nein, wenn ich Franz wiedersehen würde, möchte ich ihn haben wie früher. Alles andere dort könnte ich spielend leisten; das Armsein, die schwere Arbeit, das wenige Essen. Franz verlangt viel von den Seinen. Sie tun wirklich schwere Arbeit, und alles hat Hand und Fuß. Sie bauen Staudämme und terrassieren das Land an den Berghängen, das sonst immer der Regen zu Tal geschwemmt hat, und sie haben verlassene Weinberge an den Südhängen wieder bearbeitet, und sie haben die kahlen Berge aufgeforstet, damit das Land nicht verkarstet, sie tun lauter nützliche Arbeit, an die vorher niemand dachte, weder die Regierung noch die Gemeinden noch irgendwer.«

»Aber«, sage ich, »das ist doch alles höchst vernünftig! Ich verstehe nicht, warum die Leute sagen, Franz sei verrückt. Warum sagen sie das?«

»Weil er verrückt *ist!* Einer, der auf sein Erbe verzichtet, einer, der buchstäblich das Leben der Armen führt, einer, der auf das schönste und reichste Mädchen verzichtet, einer, der arbeitet wie ein Schwerarbeiter, während er da-

heim sich's wohl sein lassen könnte, so einer ist doch verrückt, nicht?«

»Meinen Sie das ernst?«

»Ich? Ich liebe ihn, so wie er ist. Denn ich bin auch verrückt. Aber wer nicht verrückt ist auf solche Art, der ist
ein armer Spießer und hat nichts begriffen vom Reich Gottes.«

»Paola, Sie reden ja wie ein Pfarrer auf der Kanzel!«

»Manchmal sagen Pfarrer auf der Kanzel das gleiche wie
Franz!«

»Manchmal nur?«

»Oder sollte ich besser sagen: sie reden so wie er, aber sie
leben nicht so wie er?«

»Sollten sie das tun, können das alle tun?«

»Der Franz würde jetzt sagen; ›Paola, Paola, kümmere
dich zuerst um deine eigenen Sünden. Kannst du, was du
von andern verlangst? Nein. Also sei still.‹ Aber jetzt muß
ich heimgehen.«

Jetzt ist es weit über Mitternacht, ich habe alles aufge-
schrieben, was ich heute erlebt habe. Genug, genug.

28. August

In der Obdachlosen-Siedlung »Bei den Ställen«, wie sie
immer noch genannt wird von den Leuten in der Stadt.
Man sieht noch, daß die Behausungen wirklich einmal
Ställe waren. Sie haben kleine Fenster, an einigen Häusern
sieht man noch die großen Eisenringe, an die man das Vieh
gebunden hatte, und man sieht auch noch einige Heurau-
fen, aus denen die Kühe gefressen hatten. Aber alle Häuser
sind ausgebessert, die Dächer sind frisch gedeckt, die
Wände geweißt, Fenster und Türrahmen frisch gestrichen,
kurzum: aus den Viehställen sind Häuser für Menschen
geworden. An einem alten Bau sind Leute beschäftigt. Sie

grüßen mich freundlich, wir kommen in ein Gespräch, sie erklären mir, daß die Ställe alle feucht waren und der Reihe nach trockengelegt werden mußten, dies sei nun das letzte, dann haben sie es geschafft. Dieses Haus soll das schönste werden und dann Versammlungsraum und Kirche sein.

»Kirche?«

»Warum nicht?«

»Seid ihr eine der Kommunen des Franz Bernardone?«

»Nein, das nicht, wir sind eine Kooperative, wir haben eine Weberei, einen Betrieb, der uns allen gehört, wir haben kein Privateigentum.«

»Ist das nicht dasselbe wie eine der Kommunen?«

»Nein, nein, wir haben ja Eigentum, auch wenn es uns allen zusammen gehört und keiner etwas davon für sich nehmen kann ohne Erlaubnis aller und keiner etwas verkaufen und vererben kann. In den Kommunen haben sie gar kein Eigentum, und sie arbeiten nicht um Gewinn; was sie verdienen, das schenken sie sofort her, sie sind arm und wollen es bleiben, das ist schon ein großer Unterschied. Eigentlich hat Franz keine Kommune, sondern eine Kommunität, das ist etwas anderes; dabei geht es nicht um Wirtschaft und Verdienen.«

»Sondern um was?« frage ich.

Er sagt: »Um das Zusammenleben; es ist ein wenig so wie in Klöstern, aber doch wieder nicht. Wir jedenfalls sind keine Kommunität und auch keine Kommune, sondern eine Kooperative.

Aber es war der Franz, der uns auf den Gedanken gebracht hat, die Kooperative zu machen. Sie können sich nicht vorstellen, wie es hier ausgesehen hat vor einem Jahrzehnt. Unsre Eltern kamen von den Bergen herunter auf der Suche nach Arbeit. Manche haben eine gefunden, zum Beispiel auf dem Gut des Grafen, aber viele haben nie eine Arbeit bekommen und darum auch keine Wohnung. Da sind sie in die leeren Ställe gezogen. Erst wollte man sie

auch hier herauswerfen und wieder ins Gebirge hinauf-
schicken, aber sie gingen nicht, so ließ man sie eben da,
aber man tat nichts für sie, man hoffte, sie auf solch stille
Art wieder loszuwerden. Die Stadt will keine Armen, sie
stören das Bild, sie stören die schöne Ordnung.

Wir störten sie ja auch wirklich! Unsre Eltern waren ar-
beitslos, wir Kinder waren dreckig, hatten Läuse, stahlen
wie die Raben, auf dem Markt war nichts sicher vor uns,
wir hatten Hunger, unsre Eltern konnten nicht emigrieren. Wer kann emigrieren mit sechs und acht und zehn
Kindern, und wer brachte ihnen bei, nicht so viele Kinder
in die Welt zu setzen, niemand kümmerte sich um uns,
nicht einmal die Kirche. So hausten wir hier, ohne Kanali-
sation, ohne Wasserleitung, ohne Klosett, wir spielten auf
der Straße, die keine war, nur Dreck mit Abwässern ver-
mischt, und einmal, das war kein Wunder, brach der Typhus hier aus, wir wurden eingesperrt und bewacht, und
niemand kam.

Doch, der eine kam, der Franz. Aber das war mehr ein
Zufall, daß er überhaupt hierher kam. Er war auf einem
Ausritt, da kam er hier vorbei, und jemand schrie: ›Weg
da, hier ist Sperrgebiet, hier ist der Typhus.‹ Aber der Rei-
ter blieb stehen und fragte dies und das, dann ritt er weg.
Aber ein paar Stunden später war er wieder da, und er kam
herein, trotz Absperrung, und er brachte Medizin und
Desinfektionsmittel und Essen, er ging einfach in die Häu-
ser und an die Krankenbetten und hatte überhaupt keine
Angst.

Doch, er hatte Angst, aber das sagte er uns erst später.

Und einige Tage später brachte er seinen Freund mit, den
Bernardo, und sie pflegten die Kranken, bis der Typhus
erloschen war, und dann kam eines Tages Baumaterial an,
und wir mußten alle an die Arbeit. Das hört sich jetzt alles
ganz leicht an, aber was meinen Sie, wie widerspenstig
unsre Eltern waren, die wollten keine Hilfe, die wollten im

Dreck und Elend bleiben, sie waren viel zu verzweifelt, um noch da herauszuwollen. Aber der Franz hielt sich an uns Junge, wir verstanden, daß uns keiner helfen würde, wenn wir nicht selber arbeiteten. Aber die Älteren machten uns nichts wie Schwierigkeiten. Die einen sagten: ›Was will der eigentlich, sicher ist er von einer Partei, er will gut Wetter machen für die nächsten Wahlen, paßt nur auf, der kauft uns.‹ Die andern sagten: ›Der ist von der kirchlichen Caritas und will unsre Seelen retten.‹ Und die andern: ›Das ist ein Grundstücksmakler, der will, daß wir ihm hier das Land sanieren, dann kann er's zu hohem Preis verkaufen, und wir sitzen vor der Tür.‹ Alle Alten waren sich einig darin, daß man so einem Herrn nicht trauen darf, er wird die Katze schon noch aus dem Sack lassen, wenn wir uns blöd geschuftet haben. Eines Tages verprügelten sie Franz. Das ging so schnell, daß wir es kaum merkten, und schon lag der Franz auf der Erde. Wir wollten sofort eine Rauferei mit den Alten anfangen, wir waren ja schon ganz auf der Seite von Franz, aber der stand auf und sagte: ›Nein, keine Rache, das lohnt sich nicht.‹ Und zu den Älteren sagte er: ›Laßt gut sein, ich versteh' euch, ich bin lang genug hier vorbeigeritten und habe nichts für euch getan. Verzeiht mir. Und jetzt wollen wir darüber reden, was ich für euch weiter tun kann.‹ Wie er das sagte, das hat einfach alle umgeworfen.

Es waren nicht die Worte. Auf schöne Reden gaben wir nichts, davon hatten wir genug gehört. Aber wie der Franz da vor uns stand, mit einer zerrissenen Jacke und staubig und mit einer Schramme im Gesicht, und dann auch noch freundlich, und das ganz ehrlich, ohne Mache und ohne Berechnung, also so einen hatten wir noch nie gesehen. So einen hat's überhaupt noch nie gegeben vor ihm.

Sie müssen sich die Siedlung anschauen, wie sie jetzt ist. Wirklich, hier ist gute Arbeit geleistet worden. Es gibt fünf Werkstätten mit Webstühlen, Handwebstühlen, denn Franz (sagen die Burschen) will keine mechanischen, er sagt, wir sollten mit der Hand arbeiten, denn je weniger zwischen einem Arbeiter und seiner Arbeit steht, desto besser. Es gibt ein großes Vorratshaus auf Steinpfeilern gegen Feuchtigkeit und Mäuse abgesichert, hier holen sich die Mitglieder der Kooperative jeden Tag, was sie brauchen, sie bekommen es ohne Bezahlung, dafür arbeiten sie ja, die Einkäufe werden aus der Gemeinschaftskasse bezahlt, für die alle arbeiten. Jede Familie hat ihre abgetrennten Wohnräume, aber es gibt ein Gemeinschaftshaus und einen Kindergarten, und jetzt also entsteht der Versammlungsraum, der auch Kirche sein wird.«

Ich frage: »Braucht ihr denn eine Kirche, seid ihr fromm, oder hat der Franz euch befohlen, eine Kirche zu bauen?«

Sie nehmen das als Scherz, aber einer sagt: »Also, genau gesagt war es schon der Franz, der uns auf den Gedanken gebracht hat. Er hat das so angefangen, daß wir's nicht gemerkt haben. Er hat sich zu uns gesetzt und geredet, was man eben so redet, über die Hühner und die Kinder, und dann hat er gesagt, die Tiere hätten auch eine Seele, alles habe eine Seele, darum sei uns alles verwandt, und wir müßten es lieben und schützen. Zuerst haben wir ihn ausgelacht, und wir haben unsre Späße gemacht, wir haben ihn nicht verstanden. Wißt ihr noch, wie er dem Hund und der Katze gepredigt hat?

Ja! Unser Hund hatte eure Katze gejagt, und jetzt saß sie oben auf einem Baum und blutete an der Pfote, und unten stand der Hund und blutete am Kopf, und da kam Franz und schaute sie beide an und schüttelte den Kopf und sagte: ›Bruder Hund, warum eigentlich verfolgst du deine Schwester Katze? Du sagst, sie hat angefangen. Schwester Katze aber sagt, du hast angefangen. Wer hat recht? Und warum jagt ihr einander? Weil dumme Leute euch aufeinander gehetzt haben. Schaut doch, wie schön das Leben ist! Warum macht ihr es euch schwer? Schwester Katze, Bruder Hund nimmt dir deine Maus nicht weg. Bruder Hund, Schwester Katze nimmt dir deinen Knochen nicht und nicht den Hasen, den du jagst. Also, warum der Streit?‹ Zuerst haben wir das für einen Spaß gehalten und gelacht, aber dann hat der Franz zu mir gesagt: ›Bruder Hund, hast du verstanden?‹ Da habe ich verstanden, ich hatte nämlich zuvor einen Streit gehabt mit Antonio, es ging darum, wer… ach, das interessiert Sie ja nicht, kurzum: wir hatten verstanden, daß die Predigt uns galt. Und wißt ihr noch, wie daraufhin auch der Ezio und der Atilio Frieden machten, obgleich der Franz gar nichts von ihrem Streit gesagt und gewußt hatte?

Und wißt ihr noch die Gänse-Predigt?«

»Wie, bitte?«

»Ja, einmal hat er unsern Gänsen gepredigt. Es war so: Wir hatten Streit, weil die Älteren die Siedlung einzäunen wollten mit Stacheldraht, und wir Jüngeren wollten das nicht, und wir schrien aufeinander ein, keiner hörte mehr, was der andere sagte, und wir hörten und sahen allesamt nicht, daß Franz gekommen war. Und dann ging er wieder, und auf einmal hörten wir das Geschrei unserer Gänse, Franz trieb sie alle vor sich her und mitten in unsre Streitversammlung hinein, so daß man vor lauter Gänsegeschnatter kein Wort mehr verstand. Und dann fing Franz an, mit den Gänsen zu reden: »Liebe Schwestern Gänse, lieber Bruder Gänserich, es scheint, daß ihr ein Anliegen habt und euch nicht einig werden könnt, und ich kann euch nicht verstehen, denn ihr schreit alle durcheinander, jeder will noch lauter schreien als der andere, aber so kommt ihr nie zu einer Einigung, jetzt bleibt einmal ruhig stehen, und eine nach der andern sagt ihre Meinung, und keine schnattert länger, als bis ich die Hand hebe, und jede überlegt sich vorher, was sie sagen will.‹

Wir haben natürlich gelacht. Franz ging mit den Gänsen weiter, die nichts lernen wollten von ihm.«

(Hier unterbrach den, der eben redete, ein anderer.) »Wie kannst du das sagen, wo du doch selber dabei warst, wie die Vögel alle mit einem Schlag still waren, als der Franz es ihnen sagte, weil er singen wollte.«

»Aber, aber«, sage ich, »ihr wollt mir doch nicht erzählen, daß der Franz hexen kann!«

»Was heißt hexen?!Er hat Kräfte, die... also eben solche. Er kann ja auch Kranke heilen, er braucht nur an ein Krankenbett zu kommen, und schon ist alles besser. Es geht eine Ruhe von ihm aus, die hilft, das ist doch keine Hexerei!«

»Schon gut«, sage ich, »ich glaub's euch ja.«

»Ob Sie es glauben oder nicht, das ist uns gleich, wir wissen, was wir wissen.«

»Ihr wolltet mir erzählen, wie der Franz euch dazu brachte, eine Kirche zu wollen.«

»Ja, das war so: er ist oft mit seiner Gitarre gekommen und hat sich zu uns gesetzt und gesungen, er hat eine schöne Stimme, und er hat die Canzoni selber gedichtet, sie sind ihm so beim Singen eingefallen, aber er hat immer in Französisch gesungen, seine Mutter ist aus Frankreich, sagt man. Und einmal haben wir ihn gefragt, warum er nicht in Italienisch singt, daß wir ihn verstehen können. Er sagte: ›Ihr wollt die Worte doch nicht hören, weder mit den Ohren noch mit dem Herzen.‹ Da waren wir neugierig, was für Worte das sind, die wir nicht hören wollten, und da sang er zum ersten Mal in Italienisch. Und dieses Lied, das ist das unsere geworden, so was wie eine Nationalhymne.«

(Alle lachen.)

»Wollt ihr es jetzt singen?«

»Warum nicht?«

(Hier ist das Lied, ich habe es gleich mitgeschrieben.)

O Signore, fa di me un istrumento della tua pace:
Dove è odio, fa, che io porti l'amore
Dove è offesa, che io porti perdono
Dove è discordia, che io porti unione
Dove è dubbio che io porti la fede
Dove è errore che io porti la verita
Dove è disperazione che io porti la speranza
Dove è tristezza che io porti la gioia
dove sono le tenebre che io porti la luce.

O Herr, mach aus mir ein Instrument Deines Friedens
Wo Haß ist, mach, daß ich Liebe bringe
Wo Kränkung ist, daß ich Vergebung bringe
Wo Uneinigkeit ist, daß ich Einheit bringe
Wo Zweifel ist, daß ich Glaube bringe
Wo Irrtum ist, daß ich Wahrheit bringe
Wo Verzweiflung ist, daß ich Hoffnung bringe
Wo Traurigkeit ist, daß ich Freude bringe
Wo Dunkel ist, daß ich das Licht bringe.

Das ist die wörtliche Übersetzung.
Besser wäre es so:

Herr, mach mich zu einem Werkzeug Deines Friedens:
Gib, daß ich Liebe dorthin bringe, wo Haß ist,
Daß ich Vergebung bringe, wo Kränkung geschah,
Daß ich Einigung bringe, wo Zwietracht herrscht,
Daß ich Glaube bringe, wo Zweifel ist,
Daß ich Wahrheit bringe, wo Irrtum besteht,
Daß ich Hoffnung bringe, wo Verzweiflung ist,
Daß ich Freude bringe denen, die in Traurigkeit leben,
Daß ich Licht bringe in die Finsternis.

»Aber«, sage ich, »das ist ein frommes Lied, mögt ihr denn
so etwas?«

»So schön, so wie Franz es singt. Da versteht man auf einmal, was gemeint ist. Er selber lebt so, wie er singt, das ist
alles einfach aufrichtig, das wirft einen um. Der Franz darf
es sich sogar erlauben, mit uns über das Armsein zu reden,
und daß es besser ist als Reichsein, natürlich meint er mit
Armsein nicht den Zustand, in dem wir gelebt hatten, ehe
er uns geholfen hat, das war keine Armut, das war Unter-
drückung und nicht nötig und ganz unfruchtbar. Wenn in
der Kirche ein Pfarrer predigt ›Selig sind die Armen‹, dann
möchte man ihm was an den Kopf werfen und fragen: du
da droben, weißt du denn, was Armsein heißt, bist du ein
Obdachlosenkind gewesen, hast du je gebettelt, und hast
du stehlen müssen vor Hunger? Aber wenn der Franz so
etwas sagt, dann stimmt's. Er ist selber arm geworden,
freiwillig und nicht zum Spaß, er hat es hart genug, aber er
will nicht besser leben als die Unterprivilegierten, sagt er,
und er sagt: ›Solange noch ein Kind auf Erden verhungern
muß, weil man das Geld zum Bau von Kanonen und Bom-
ben braucht, so lange will ich auch hungern und frieren.‹
Und das tut er wirklich, und oft übertreibt er's, einmal im
Winter hat er einem auf der Straße seine Jacke geschenkt
und ist im Hemd weitergegangen und hat sich eine Erkältung geholt, und als wir ihn schimpften, sagte er: ›Und
wenn ich dem Alten die Jacke nicht gegeben hätte, dann
hätte *er* die Erkältung, also?‹ Eine Zeitlang, am Anfang,
hat er was ganz Verrücktes getan: er ist betteln gegangen.«
»Betteln?«
»So wie sie es früher gemacht haben, die Armen, die von
Haus zu Haus gingen und sich das Essen zusammengebet-
telt haben, so hat es auch der Franz gemacht: er hatte eine
Blechschüssel, und da hinein ließ er sich das Essen geben,
wie es eben kam. Am Anfang hat es ihn wohl fürchterlich
geekelt, und er hat sich erbrechen müssen, aber nach und
nach hat er sich daran gewöhnt.«

»Nein«, sagt ein anderer, »das kannst du nicht sagen, daß er sich daran gewöhnt hat, es blieb immer gräßlich für ihn.«

»Aber«, frage ich, »warum eigentlich hat er das getan?«

»Er wollte alles Elend am eigenen Leib kennenlernen, er wollte behandelt werden, wie Bettler behandelt werden, er wollte leiden, was andre leiden, das war ihm ganz und gar ernst. Natürlich haben ihn viele ausgelacht. Einmal hat er in einem Kloster in Perugia gebettelt, da haben sie ihm Wasser statt Suppe gegeben und gesagt: ›Da hast du französische Fleischbrühe.‹

›Französisch‹ haben sie gesagt, weil er Francesco heißt und seine Mutter aus Frankreich stammt.

Der Franz hat das Wasser ausgetrunken und gesagt: ›Die Suppe war wirklich gut.‹

Das ist bei ihm oft so, daß man nicht weiß, ob er scherzt oder ob er etwas damit sagen will, ohne es direkt zu sagen. Es kann aber auch sein, daß für ihn das Wasser eben zur Suppe geworden ist.«

»Der Hexer!« sage ich.

»Wieso ›Hexer‹? Was soll das heißen?«

»Ihr wißt doch, daß man ihm einen Prozeß machen wird wegen Verhexung Jugendlicher«, sage ich.

»Das sollen die nur probieren«, sagen sie, »die kriegen es mit uns zu tun, da trommeln wir alle jungen Leute aus der Umgebung zusammen und machen eine Demonstration und einen Sitzstreik vor dem Rathaus, und dann machen wir eine Gegenklage wegen Verleumdung, die Sache geht ja uns auch an und alle in den Kommunen. Die sollen nur was machen gegen Franz!«

»Aber jetzt möchte ich doch noch etwas fragen, aber schlagt mich bitte nicht tot. Warum eigentlich spielt Franz den Armen, wenn er's nicht ist?«

»Wieso spielt er's, wieso ist er's nicht? Meinen Sie, der bräuchte nur heimzugehen und sich das Geld zu holen?

Der kann nie mehr heim! Der hat feierlich und öffentlich auf das Erbe verzichtet, das ist nicht rückgängig zu machen, und der Franz wäre der letzte, der etwas rückgängig machen würde. Nein, der ist arm und bleibt arm und will es sein und bleiben.«

»Ja, gut, aber könnte er euch und andern nicht besser helfen, wenn er im Geschäft geblieben wäre und sein Geld gut angelegt hätte und also immer reicher würde und damit auch immer mehr herschenken könnte?«

(Jetzt sind die Jungen ganz verzweifelt über meine Dummheit. Sie fallen geradezu über mich her):

»Sie verstehen einfach gar nichts! Wenn der Franz reich geblieben wäre und er hätte uns was gegeben, so wär's ein Almosen gewesen, und wir hätten es ihm vor die Füße geworfen. Aber so, wo er selber arm ist, da ist es eine ganz andere Art Hilfe für uns. Es ist ja nicht einfach das Geld, das uns hilft, es ist die Gerechtigkeit, die der Franz versucht, falls Sie das verstehen.«

»Jaja, schon. Aber ihr redet immer so verächtlich vom Geld, und doch habt ihr sein Geld genommen, und ohne dieses Geld lebtet ihr noch im Dreck!«

»Wir haben kein Geld von ihm bekommen, sondern Baumaterial und Webstühle.«

»Gut und schön, aber womit hat jemand Baumaterial und Webstühle gekauft? Und macht der Franz nicht selber viel Geld mit den Schallplatten? Geld ist also doch nicht Nichts, oder?«

»Meinen Sie, es ist kein Unterschied zwischen Geldverdienen und Stehlen, zwischen Verdienen und Behalten?«

»Doch, aber wieso…«

»Also: Der Franz und seine Kommunen haben keinen Besitz und also auch kein Geld, sie arbeiten fürs Essen und für die Pacht. Das Geld von den Schallplatten geht sofort an irgendeine Stelle, wo man es dringend braucht, in Notstandsgebiete, meist kommt keine Lira in die Hände von Franz. Er sagt immer: Rührt kein Geld an, wer es anrührt, bekommt Geldfinger und will immer mehr und mehr, und das ist die schlimmste Sucht, die einer haben kann.«

»Naja, das scheint mir ein bißchen übertrieben. Ich zum Beispiel bin nicht reich, ich verdiene sehr gern Geld, und ich wüßte nicht, was ich täte ohne Geld.«

»Sie haben es ja noch nie ausprobiert!«

»Richtig. Aber ihr nehmt ja auch Geld für eure Teppiche und Tücher, wie?«

»Wir nehmen Geld, ja, aber unser Gewinn ist nicht hoch.

Wir rechnen: Die Wolle kostet uns nichts, die gibt uns die Frau Bernardone. Die Arbeitslöhne können wir niedrig halten, weil wir ja nicht reich werden wollen. So kosten unsre Waren wenig, und auch Ärmere können sie kaufen.«

»Aha, ihr unterbietet also. Was sagt da die Konkurrenz?«

»Niemand macht solche Teppiche wie wir, die Muster sind aus Frankreich und patentiert. Den Markt machen wir!«

»Und ihr untereinander, seid ihr immer einig?«

»Nein, nicht immer, es gibt immer wieder einmal einige, die sagen, wir müssen jetzt den Preis hochtreiben, alles wird teurer, warum hinken wir nach, wir könnten reich werden, ein großes Unternehmen sein und so weiter. Aber dann fragen wir uns: was wollen wir lieber, reich sein und auseinandergehen und so unglücklich werden wie die andern reichen Geschäftsleute, oder beisammenbleiben und in Frieden leben und heiter sein? Und dann ist immer allen klar, daß wir eigentlich sehr viel glücklicher sind als die meisten Leute.«

»Aber es sind schon einige weggegangen, die mehr Geld verdienen wollten und es auch für sich behalten.«

»Ja, aber außer einem sind alle zurückgekommen!«

»Ich, zum Beispiel«, sagt einer und tritt vor. »Ich bin in die Schweiz gegangen, in eine Fabrik, ich hatte Glück, ich verdiente sehr gut, und anfangs dachte ich: Was für ein Idiot war ich doch, in der Siedlung für nichts zu arbeiten. Jetzt bin ich mein eigener Herr und habe mein eigenes Geld und kann Zigaretten kaufen und mit Mädchen ausgehen und all das. Aber dann habe ich das Trinken angefangen und auch Stoff genommen, und dann hab ich durchgedreht, und sie haben mich entlassen. Da hat mich das Heimweh gepackt, und ich bin zurückgekommen, und das alles ist wie ein Alptraum, und ich träum' fast jede Woche einmal den gleichen Traum: Ich hab Geld in der Hand, zuerst einen Schein, dann zwei, dann werden es immer mehr und mehr, es ist, wie wenn graue Farblauge überkocht, ich steh' mitten in einem kochenden Geldhaufen, er wird immer größer und höher, das Papier wird wie flüssige Asche, es steigt mir bis zum Mund, und dann schrei' ich und wache auf.«

»Ja«, sagt ein andrer, »du schreist, daß wir alle aufwachen.«

Jetzt kommt ein Lieferwagen gefahren, und die Leute müssen zum Ausladen, neue Wolle kommt. Alle helfen, ich will nicht stören, ich habe auch genug gesehen und gehört, aber doch nichts für meinen Artikel über den »Hexer«, ich könnte höchstens einen schreiben über eine sozialistische Kooperative. Aber ist es eigentlich keine »Hexerei«, wenn ein einzelner junger Mensch aus einem Haufen Halbkrimineller oder doch Verzweifelter eine Gemeinschaft macht, die gern arbeitet, die zusammenhält, die sogar auf privaten Gewinn und Wohlstand verzichtet und ohne jede Leitung und Überwachung lebt in der selbstgeschaffenen Demokratie. Ja, wenn das keine »Hexerei« ist!

Aber das Rätsel um diesen Franz hat sich mir dennoch nicht geöffnet. Ich werde doch nicht umhinkönnen, ins Gebirge zu gehen, um ihn selber kennenzulernen.

Gestern abend hatte ich noch Lust auf etwas zu trinken. In der Halle war niemand, nur der Portier. Ich setzte mich zu ihm und fing ein Gespräch an.

»Es war sehr interessant, was Sie mir und den beiden Engländern gestern erzählt haben«, sage ich.

»Was habe ich denn erzählt«, fragt er.

»Nun, daß man diesen Franz Bernardone einen Hexer nennt, um die Stimmung gegen ihn aufzuheizen, und daß es die Reichen der Stadt sind, die seine Feinde sind. Würden Sie mir noch mehr darüber sagen?«

»Wozu?«

»Ich soll über ihn schreiben für eine große Zeitung.«

»Wozu?«

»Wozu schreibt man, wozu liest man? Um sich zu informieren.«

»Wozu?«

»Sagen Sie: wollen Sie mich veräppeln oder provozieren?«

»Keins von beiden, mein Herr, ich frage ganz im Ernst, wozu man über Franz schreibt. Die Leute lesen es, und damit basta. Glauben Sie, daß auch nur ein einziger Leser hernach sein Leben ändert?«

»Darüber habe ich nie nachgedacht, und es ist eigentlich nicht meine Aufgabe, die Welt zu ändern.«

»Nicht? Aber damit Sie sehen, daß ich Sie nicht ärgern will, bin ich bereit, Ihnen einiges zu erzählen, zum Beispiel die Sache mit der Unterschlagung.«

»Davon habe ich schon gehört. War es wirklich eine Unterschlagung?«

»Ja und nein. Man kann so sagen und so. Vom alten Bernardone aus gesehen war es eine Unterschlagung, von der Mutter aus gesehen war es keine, denn Franz war ja der Haupterbe, und es gehörte ihm schon ein Anteil am Geschäft, es war also kein Verbrechen, wenn er Geld nahm, das ihm mitgehörte. Vom rechtlichen Standpunkt aus war es aber wieder ein Unrecht, denn er war minderjährig und konnte nicht über das Geld verfügen, es gehörte noch seinem Vater.«

»Und von Ihnen aus gesehen, war es eine Unterschlagung?«

»Sehen Sie, die Sache war so: Franz verkaufte damals nicht nur den Stoffballen seines Vaters, er verkaufte auch seinen eigenen Sportwagen, das durfte er, denn den hatte ihm sein Vater geschenkt. Und dann schenkte er das Geld dem Armenpfarrer. Für Franz war es gleich, ob das Geld ihm oder dem Vater gehörte, es galt ihm als Unrecht, reich zu sein. Das kann man nun eine Unterschlagung nennen oder auch nicht.«

»Es gibt nach Ihnen also erlaubte Unterschlagungen?«

»So direkt dürfen Sie mich nicht fragen. Ich will nur sagen: das, was Franz tat, war richtig. Wenn ein andrer dasselbe tut, ist es noch lange nicht auch richtig. Sehen Sie: Ich bin von hier, mein Vater war Landarbeiter, meine Mutter ist nach dem siebten Kind gestorben, wir Kinder sind betteln gegangen. Verstehen Sie? Und wir haben gesehen, wie die paar reichen Geschäftsleute immer reicher wurden und die Arbeiter immer ärmer, damals war die Zeit der großen Arbeitslosigkeit nach dem Ersten Krieg. Ich bin seitdem eingeschriebenes Mitglied der Kommunistischen Partei. Franz ist kein Kommunist. Wenn alle so lebten oder wenigstens so dächten wie Franz, dann hätten wir den idealen kommunistischen Staat, so einen, wie es keinen auf der Welt gibt. Ich habe den Franz einmal gefragt, warum er nicht in unsre Partei eintritt, das gäbe ihm doch viel größere Möglichkeiten zu kämpfen. Er sagte: ›Gegen wen soll ich kämpfen?‹ Ich sagte: ›Gegen den Kapitalismus doch!‹ Er sagte: ›Ich kämpfe gegen nichts und niemand.‹ – ›So‹, sagte ich, ›und was ist das, was du tust, du läßt doch auch die Welt nicht laufen wie sie ist, du willst sie doch auch ändern!‹ ›Ja‹, sagte er, ›das will ich, aber ohne Kampf, man muß nicht gegen etwas kämpfen, man kann nicht gegen die Nacht kämpfen, man kann aber ein Licht anzünden. Solange man kämpft, kämpft man nicht gegen *etwas,* sondern gegen *jemand,* und auf jeden Angriff folgt der Gegenangriff, und so reißt die Kette der Gewalt nicht ab.‹ Das war mir damals nichts als eine schöne Rede, ich war ein kämpferischer Kommunist. Ich habe gesagt: ›Du hältst also den Kommunismus für den falschen Weg?‹ Er sagte: ›Verstehst du denn nicht? So lange Gewalt angewendet wird, solange Menschen in der Angst leben, so lange ist auch der Kommunismus falsch.‹ – ›Aber‹, sagte ich und spielte meinen schönsten Trumpf aus, ›aber es hat doch sogar einen Papst gegeben, der gesagt hat, Revolution ist dann erlaubt, wenn es das einzige Mittel ist, unterdrückten Menschen zu einem menschenwürdigen Leben zu verhelfen, was sagst du dazu?‹ Er sagte: ›Jener Papst hat recht, aber er hat nicht gesagt und hat es nicht sagen können, ob es im einzelnen Fall wirklich keinen andern Weg gibt als den der Gewalt und des Tötens.‹ Ja, da hatte Franz natürlich recht, aber alles in allem ist er eben doch ein unpolitischer Mensch, und ich weiß nicht, ob seine Ideen brauchbar sind im großen.«

Nun kamen Gäste und der Portier hatte zu tun.

30. August

Als ich heute morgen aus dem Hotel ging, hockte der dicke fette Junge da, er hatte auf mich gewartet. Noch mit dem Finger in der Nase bohrend, sagte er: »Der Pfarrer von Sant' Anna.«

»Was ist mit ihm?«

»Sie können zu ihm gehen wegen Franz.«

»Wieso? Hast du ihn gefragt?«

»Sonst wüßte ich ja nicht, daß Sie zu ihm gehen können.«
Ich muß lachen über den Burschen, der sich zu meinem
Manager ernannt hat.

»Und wo ist Sant' Anna?«

Er deutet unbestimmt irgendwohin.

»Wo genau?«

»Geradeaus, dann die Treppe hinauf, dann links, dann
rechts, dann wieder links, dann…«

»Habe verstanden«, sage ich. »Wenn du gerade deine un-
gemein wichtige Tätigkeit unterbrechen und mich dorthin
führen könntest, wäre es mir recht.«

»Es ist weit.«

»Wie weit?« (Ich zeige ihm einen Fünfhundert-Lire-
Schein.)

»So weit?«

Langsam erhebt er sich, nimmt das Geld in Empfang,
schaut den Schein genau an, hebt ihn gegen das Licht,
steckt ihn ein und beginnt, sich in Bewegung zu setzen.
Von Zeit zu Zeit bleibt er stehen, um mir zu zeigen, wie
sehr er sich für lumpige fünfhundert Lire anstrengen muß.
Schließlich setzt er sich und weigert sich, stumm wie ein
störrischer Maulesel, weiterzugehen. Ich verstehe das Ma-
növer sehr wohl, bleibe aber hart und gehe einfach allein
weiter, ich habe nämlich die Kirche schon gesehen.

»He«, ruft der Junge hinter mir her, »Sie gehen einen Um-
weg!«

»Na schön, dann komm mit.« (Ich will es mir mit ihm
nicht verderben, er ist doch ein nützlicher kleiner Manager, ich gebe ihm noch mal Geld, aber in Anbetracht der
Kürze des Weges vor uns nur hundert Lire, und er scheint
zufrieden.) Kurze Zeit später stehen wir vor dem Pfarrhaus.

»Ich warte hier«, sagt der Junge und läßt sich auf den Stu-
fen nieder.

Auf mein Klingeln erscheint ein Geistlicher, er ist mittleren Alters, stämmig und frisch rasiert und riecht nach Kölnisch Wasser, warum auch nicht, daran liegt es wohl nicht, daß er mir sofort mißfällt. Er ist mir einfach zu glatt höflich. Auch sein Studierzimmer ist um einige Grade zu schön, und auf dem Tisch steht ein silbernes Kästchen mit Zigaretten. Obwohl ich sicher bin, daß mein kleiner Manager ihn schon über meine Absicht informiert hat, fragt er danach, was mich zu ihm führe. Ich sage ihm, daß ich mich für Franz Bernardone interessiere.

»Sie sind Journalist«, sagt er.

»Das bin ich.«

»Und Sie wollen über diesen Franz schreiben?«

(Er sagt es so, als mißbillige er meine Absicht ganz entschieden.) Er fährt fort: »Und was erwarten Sie von mir zu hören?«

(Er sagt das zwar höflich lächelnd, aber eisig.)

»Was ich von Ihnen erwarte? Nun, die Wahrheit oder jedenfalls das, was Sie dafür halten.«

(Das klingt auch nicht gerade herzlich.)

»Nehmen Sie Platz«, sagt er. »Stellen Sie mir Fragen.«

»Nun: ich finde es bemerkenswert, daß ein reicher junger Mann, ein Playboy, sozusagen von einem Tag zum andern sein Leben ändert, und zwar radikal.«

»Hat er es radikal geändert? Tut er nicht jetzt, was er vorher und immer tat, nämlich: exzentrisch sich ausleben und für Sensationen und Skandale sorgen?«

»Sie glauben ihm also seine Bekehrung nicht und halten ihn für einen Falschspieler?«

»Für einen gefährlichen. Als er noch, wie Sie sagen, der Playboy war, verführte er die Jugend der Stadt zu einem ausschweifenden Leben. Jetzt benützt er seine Macht dazu, sie zu anderen Dingen zu verführen.«

»Zu welchen?«

»Zur Auflehnung gegen jede Ordnung, zur Abschaffung des Eigentums, zur Verachtung der elterlichen Autorität, kurz zu einem Anarchismus, der jedem rechtlich Denkenden zuwider sein muß. Und wenn er eines Tages diese Art von Leben wieder satt hat, fällt ihm etwas Neues ein, und die Schar der jungen Esel folgt ihm auch dorthin. Er macht Mode, einmal so, einmal anders.«

»Sie sagten, er sei gefährlich. Erlauben Sie mir die Frage: Ist es gefährlich, daß er die Obdachlosensiedlung bei den Ställen in ein anständiges Wohnviertel verwandelte?«

»Nun, so auf den ersten Blick erscheint das natürlich als eine soziale, wenn Sie wollen sogar christliche Tat. Aber warten Sie nur ab, wie sich das entwickelt. Diese Leute dort bekommen immer mehr Selbstbewußtsein, sie fühlen sich schon als Gemeinde innerhalb der Gemeinde. Bald werden sie Sitze im Stadtrat verlangen, jedenfalls werden sie schon bei den nächsten Kommunalwahlen einen Rutsch nach links verursachen und das ganze soziale Gefüge unserer Stadt in Unordnung bringen.«

»Eine andere Frage: Warum hat diese, wie Sie sagen, ordentliche Stadt nicht vorher etwas für die Siedlung getan?«

»Man kann nicht alles zugleich tun. Es war geplant, die Ställe abzureißen und moderne Häuser zu bauen.«

»Sozialbauten für die Obdachlosen?«

»Das war noch nicht bestimmt.«

»Und wer sollte Eigentümer der neuen Häuser sein?«

»Die Stadt.«

»Haben Sie Einfluß auf solche Probleme?«

»Politik ist nicht meine Sache.«

»Ist es Politik, für Obdachlose zu sorgen?«

»Gewiß.«

»Ist es Sache der christlichen Nächstenliebe, Obdachlosen zu Wohnungen zu verhelfen?«

»Was wollen Sie damit sagen?«

»Nichts Besonderes, vielleicht nur das: daß Politik nötig wird, wo die christliche Liebe versagt. Oder: daß Politik das gleiche sein könnte und sollte wie christliche Liebe.

Irgend so etwas meine ich. Macht Franz also Politik, oder handelt er aus Nächstenliebe?«

»Das wird sich zeigen.«

»Jedenfalls hat er für die Obdachlosen gesorgt, und darin kann ich nichts Böses sehen.«

»Sie stammen nicht aus dieser Stadt und wissen nicht, wie gefährlich es ist, an der alten, gut eingespielten Ordnung zu rütteln.«

»Ich verstehe, ich verstehe gut. Aber lassen wir die Politik. Erzählen Sie mir doch Unpolitisches über Franz. Kennen Sie ihn schon lang?«

»Seit zehn Jahren. Er war damals auf dem Höhepunkt seiner Ausschweifungen. Er hatte immer eine Schar junger Leute um sich, sie hatten einen Club gegründet, der kein anderes Ziel hatte, als Zech- und Saufgelage zu halten, bei denen es hoch herging, in jeder Hinsicht. Franz war ihr Anführer, er hatte das meiste Geld. Seine Mutter steckte es ihm zu, sie bezahlte seine Schulden, sie bestach die Polizei, wenn er etwas angestellt hatte, sie vertuschte alle Schandtaten vor ihrem Mann, der ein hochanständiger Mensch ist, fleißig und erfolgreich, eine Stütze der Gemeinde und der Kirche.«

»Wenn er ein so guter Sohn der Kirche ist, dann muß ich mich wundern, daß er sich nicht freut darüber, einen Sohn zu haben, der die von der Kirche geforderte Nächstenliebe in die Tat umsetzt.«

»Franz arbeitet nicht in unserem Sinne. Seine Pläne sind nicht die unsern.«

»War der Plan, die Siedlung auszubauen, nicht auch der Plan der Gemeinde und der Kirche? Könnte man da nicht eine Zusammenarbeit, eine Übereinstimmung errei-chen?«

»Aber Franz will keine Übereinstimmung! Er spielt sein Spiel ohne uns, also gegen uns.«

»Die Logik versteh' ich zwar nicht, aber sagen Sie: könnte

das, was Sie Spiel nennen, nicht etwas sehr Ernstes sein? Ich bin zwar unbeleckt von Religion, aber ich weiß doch, welche Vorstellungen Jesus vom Zusammenleben der Christen hatte. Er sagte doch zum reichen jungen Mann: Schenk alles her, was du hast, und folge mir. Hab ich das richtig im Gedächtnis?«

»Das war etwas ganz anderes. Jesus sprach als geistige Autorität. Außerdem war der junge Mann Alleinbesitzer seiner Güter und konnte frei darüber verfügen. Und überdies war auch er überfordert von diesem Vorschlag Jesu. Es war, wohlgemerkt, nur ein Vorschlag. Jesus nahm es nicht übel, daß der junge Mann ihm nicht nachkam.«

»Wenn nun Franz kann, was jener nicht konnte?«

»Sie unterstellen ihm religiöse Absichten.«

»Sie nicht?«

»Es gibt auch religiösen Wahnsinn. Franz gibt vor, mit Engeln und Teufeln zu sprechen.«

»Das tat Jesus auch, oder lügt da die Bibel?«

»Ich glaube, es ist besser, Sie sprechen mit meinem Amtsbruder Don Enzo, der ist zuständiger als ich für ein solches Phänomen.«

Damit bin ich verabschiedet. –

Draußen sitzt noch immer der fette Junge. Wir sind uns bereits zur Gewohnheit geworden. Er steht mühsam auf und gesellt sich zu mir, als sei dies das Allerselbstverständlichste der Welt. Neben mir hertrottend, zeigt er mit dem Daumen nach rückwärts und sagt: »Der und die andern da drinnen, die mögen den Franz nicht.«

»Was du nicht alles weißt! Und warum mögen sie ihn nicht?«

»Die halten zum alten Bernardone.«

»Warum?«

Der Junge macht die Geste des Geldzählens und sagt: »Für die Kirche läßt der alte Geizhals schon mal was springen, aber die müssen es dann bekanntmachen, so ganz unterderhand muß es die ganze Stadt erfahren, und dann kaufen alle frommen Leute bei ihm ein, die Geistlichen sowieso.«

Plötzlich greift er nach meinem Arm und deutet auf eine Frau, die in einem schwarzen Umhang wie eine Bäuerin und mit einem schweren Korb eine Treppe hinaufsteigt. »Das ist die Mutter von Franz«, sagt er, »die geht jetzt zu den Kranken, da ist also der Alte auf Geschäftsreise, wenn er daheim ist, darf sie das nicht.«

»Du, kann ich sie denn dann nicht daheim besuchen?«

»Das geht nicht, die läßt keinen Fremden hinein.«

»Ich geb dir fünftausend Lire, wenn du's fertigbringst.«

»Ich bring's nicht fertig«, sagt er und seufzt den Fünftausend nach.

»Versuch's doch!«

»Ich bring's nicht fertig.«

Ich denke, er könnte doch das Geld nehmen und dann sagen, der Versuch sei mißglückt, und kein Mensch könnte ihm das Geld wieder abnehmen. Aber offenbar hat er seinen eigenen Ehrenstandpunkt, er ist ein reeller Geschäftsmann, er läßt sich nur für gelieferte und sicher lieferbare Ware bezahlen. Allen Respekt. Vor Verwunderung gebe ich ihm tausend Lire.

Er fragt mißtrauisch: »Wofür?«

Ich sage: »Nur so aus Freundschaft.«

Er sagt: »Nein, dann nicht. Aber ich werde schon jemand anderen finden, der Ihnen was erzählen kann.«

Da fällt mir der Geistliche ein, Don Enzo, und ich frage den Jungen, ob er ihn kenne.

»Wie denn nicht!«

»Kannst du mich zu ihm bringen?«

»Jetzt nicht. Er ist alt und liegt oft im Bett, aber wenn er früh aufsteht, dann liest er um halb acht Uhr die Messe in der kleinen Kapelle da droben. Ich geh mal fragen, aber sicher weiß man das erst, wenn er wirklich Messe hat.«

»Um halb acht, sagst du. Das ist aber früh. Kannst du nicht machen, daß er die Messe später liest?«

Der Junge schaut mich an als hätte ich verlangt, er soll die Sonne um Mitternacht aufgehen lassen statt am Morgen. Er schüttelt nur den Kopf, dann trottet er davon.

Wie kann ich den Tag nützlich verbringen? Ich geh in die Bar. Vielleicht kann ich mit dem hübschen Mädchen Paola einen Abendspaziergang vereinbaren.

Sie freut sich ein wenig, mich zu sehen, aber ausgehen kann sie mit mir nicht. Warum nicht?

»Ich habe Dienst.«

»Aber die Bar schließt doch um sieben!«

»Es gibt auch einen andern Dienst.«

»Nämlich?«

»Krankendienst.«

»Ah, wie Frau Bernardone?«

»Anders. Ich geh nicht in Privathäuser, ich halte Nachtwache im Krankenhaus, jede Woche dreimal.«

»Als Nebenverdienst?«

»Unbezahlt, wenn Sie es genau wissen wollen.«

»Wünscht das Franz?«

(Sie wird rot, und ich entschuldige mich.)

»Früher hat es mir schrecklich gegraust vor Kranken und Sterbenden.«

»Darum...«

»Ich verstehe.«

»Meinen Sie?«

»Weiß es Franz?«

Sie schweigt, ich sage: »Ich verstehe.«

»Schon wieder: ich verstehe. Sie verstehen immer alles viel zu schnell. Aber es gibt Sachen, die man gar nicht so schnell verstehen kann. Sie meinen zu verstehen, daß ich aus Liebe zu Franz die Nachtwachen mache? Am Anfang war es so, aber jetzt nicht mehr.«

»Und jetzt?«

»Sie verstehen doch immer alles so schnell!? Jetzt muß ich aufräumen, ich habe heut viel zu tun.« Was werde ich also anfangen heute?

31. August

Weil mir nichts Besseres einfällt, mache ich einen Spaziergang vor die Stadt. Allein. Der fette Junge taucht nicht auf. Fast entbehre ich ihn.

Ich gehe nach der anderen Seite der Stadt, die kenne ich noch nicht. Hier fällt der Berg, auf dem die Stadt liegt, sanft ab, und dort ist ein großes Landgut, umgeben von Ölhainen und Weingärten. Durch ein altertümliches Tor, das offensteht, sehe ich eine breite Auffahrt zum Hause hin. Das Haus ist ein Schloß mit einer breiten offenen Terrasse, zu der links und rechts Treppen hinaufführen. Prächtig, prächtig, sage ich zu mir selbst. So ein Schloß möchte ich haben. Oder zumindest darin wohnen, wem immer es auch gehört. Ich stehe eine Weile da und warte, ob sich niemand zeigt, und schließlich trete ich einfach ein und gehe auf der Straße unter alten Pinien und Zypressen ein wenig näher zum Schloß hin. Jetzt kommt ein alter Mann und fragt, was ich wünsche. Es ist ein trauriger alter Mann. Ich sage, daß ich eigentlich gar nichts wünsche und nur die herrliche Auffahrt bewundere.

»Sie können ruhig hereinkommen«, sagt der alte Mann.

»Wem gehört denn das alles?« frage ich.

»Dem Grafen Favarone«, sagt er.

»Den Namen habe ich schon ein paarmal gehört«, sage ich.

»Das ist möglich. Und in welchem Zusammenhang, bitte, haben Sie ihn gehört?«

»Man sprach von einer jungen Gräfin Klara.«

»Was sagt man von ihr?«

»Daß sie in eine Kommune ging, die von Franz Bernardone gegründet worden ist.«

»Und was sagte man sonst?«

»Nichts wesentlich anderes.«

»Nichts Abträgliches?«

»Nein. Aber kennen Sie sie? Freilich, wenn sie von hier stammt, dann wissen Sie natürlich etwas von ihr.«

»Sie ist meine Enkelin.«

»Oh!«

»Sie ist fortgegangen. Alle sind fortgegangen. Mein Sohn ist gestorben, meine Enkelinnen, alle drei, nicht nur Klara, sind in der Kommune, und nun ist auch meine Schwiegertochter zu ihnen gegangen.«

»Um Himmels willen. Und sie lassen das alles hier im Stich?«

»Sie überlassen es mir. Sie überlassen es mir teilweise als Eigentum und teilweise treuhänderisch, ich verwalte es nur. Ein Teil des Landes ist verschenkt, aufgeteilt an unsere ehemaligen Landarbeiter. Nach meinem Tod wird der gesamte Besitz in die Hände der Kommune gehen, das heißt: sie ist verpflichtet, aus diesem Besitz etwas Gemeinnütziges zu machen, ein Krankenhaus oder eine Schule oder was man eben am dringendsten brauchen wird.«

»Sagen Sie, Graf: Verstehen Sie das alles?«

»Verstehen? Daß Klara zu Franz ging, verstehe ich, sie liebt ihn. Daß Agnes und Beatrice auch hingingen, ist ebenfalls zu verstehen, sie haben immer alles getan, was Klara tat, sie ist die Klügste und Entschiedenste. Aber daß meine Schwiegertochter fortging, das geht über mein Begreifen.«

»Hat sie es Ihnen nicht erklärt?«

»Wir sprachen tage- und nächtelang darüber. Sie sagt, es sei ein unwiderstehlicher Ruf. ›Was heißt das‹, fragte ich sie, und sie antwortete: ›Schau, alles was wir besitzen, haben unsere Vorfahren in blutigen Kriegen geraubt, und vermehrt haben sie es, indem sie Diener und Bauern für sich arbeiten ließen um schlechten Lohn. Ist das nicht gestohlener Besitz? Darf man weiterstehlen? Muß man gestohlenes Gut nicht zurückgeben?‹ Ich setzte ihr vergeblich auseinander, daß diese vielen Arbeiter ja gerade durch uns ihr Auskommen hatten und sie durchaus zufrieden waren. Haben wir sie denn je schlecht behandelt? Haben sie sich unterdrückt gefühlt? Durften sie nicht von allem nehmen, ohne daß wir es ihnen immer aufgerechnet haben? Haben wir uns nicht um die Kranken gekümmert? Waren nicht alle gut genährt? Haben wir die alten Arbeiter und Diener auf die Straße gesetzt? Konnten sie nicht hier in Ruhe sterben? Aber meine Schwiegertochter sagte: ›Das waren alles nur Almosen und im Grunde nichts als Ausbeutung, wir haben die Leute gut behandelt, damit sie viel leisteten für uns. Sie waren abhängig von unsrer Gnade, wir konnten sie fortjagen aus ihren Wohnungen, weil es unsere Wohnungen und sie unsere Arbeiter waren, und immer hätte man uns recht gegeben bei Gericht, nicht ihnen, denn wir waren die Herren.‹ Sie erinnerte mich an einen Fall, den ich vergessen hatte: Einmal mußten wir einen Arbeiter entlassen, denn er stahl allzuviel, und am nächsten Abend entdeckte ihn der Gärtner, wie er eben Feuer anlegte unter der Holzterrasse hinter dem Haus. Der Gärtner hat ihn gefesselt und uns vorgeführt, und es war klar, daß wir ihn der Polizei übergeben mußten. Aber meine Schwiegertochter sagte zu dem Brandstifter: ›An deiner Stelle hätte ich genauso gehandelt, aber überleg einmal, was man dabei gewinnt, nichts gewinnt man als das Zuchthaus; daß du kein anderes Mittel hast, dich durchzusetzen, glaube ich nicht, du hättest mit mir reden können, und ich hätte dir gegeben, was du brauchst, und du hättest es nicht zu stehlen brauchen, ich weiß alles, wie du siehst. Und jetzt geh, du kannst weiter hier arbeiten, wenn du willst. Du kannst auch gehen, ich gebe dir eine Abfindung, damit du in Ruhe eine neue Arbeit finden kannst.‹«

»Was hat der Mann getan? Blieb er?«

»Nein, er ging; jetzt ist er Webmeister in der Siedlung. Aber fünf Jahre früher hätte meine Schwiegertochter nicht so geredet, sie hätte den Brandstifter der Polizei übergeben. Man ist es gewöhnt, so zu reagieren, es scheint einem richtig, es ist wie eine göttliche Ordnung, daß es Reiche und Arme gibt, Arbeitgeber und Arbeitnehmer, Diebe und sogenannte Ehrliche, und es scheint einem gut, daß man alle bestraft, die gegen die Interessen der Bürger handeln. Aber ich bin jetzt so weit, daß ich den Verdacht habe, es gebe zweierlei Moral, eine für die Reichen und Mächtigen, und eine für die anderen, die vielen. Sie sehen, auch ich bin schon aus dem alten Gleis geworfen durch diesen Franz. Aber kommen Sie doch mit ins Haus, es ist so groß und leer. Sie brauchen mir nicht zu sagen, wer Sie sind. Genug, wenn Sie mir helfen, einen meiner einsamen Abende zu überstehen. Nehmen Sie doch Platz! Oder wollen Sie lieber zuerst das Haus ansehen? Es ist sehenswert.«

Es war wirklich sehenswert: Was für eine herrliche breite rosagelbe Marmortreppe, was für wertvolle alte Wandteppiche und Statuen, was für Zimmerfluchten, was für Bäder in weißem Marmor mit vergoldeten Wasserhähnen, was für Ausblicke auf Weinberge und Ölgärten über den alten Park hinweg, was für herrliche alte Möbel!

»Das ist nun alles verwaist«, sagt der Graf, »verwaist, und warum, warum? Wenn ich tot sein werde, dann wird, nach dem Willen meiner Schwiegertochter und Enkelinnen, das Schloß umgebaut, und es werden Leute hier wohnen, die keinen Sinn haben für seine Schönheit. Leute, die nicht einmal wissen, daß das Schöne ein hoher Wert ist, auch wenn er niemandem wirtschaftlich nützt. Leute, die meinen, der Mensch brauche nichts als Brot und Freiheit. Man wird sie so lange sozialisieren und demokratisieren, bis alle Menschen und alle Dinge dieser Erde nur mehr Gebrauchswert haben. Wir Herren haben dafür gesorgt, daß Schönes entstand auf unserer Erde. Sehen Sie: All diese Arbeiterfrauen haben bei uns gedient, als Zimmermädchen und Büglerinnen und Köchinnen, und hier haben sie ihren Geschmack gebildet, und wenn sie jetzt ihre Häuser hübsch in Ordnung halten und ihre Kinder gut kleiden und gesund ernähren, so haben sie das bei uns gelernt. Von uns ging die Liebe zum Schönen aus. Ist das schlecht? Natürlich haben wir auch Ungerechtigkeiten begangen, aber sagen Sie: gibt es die nicht auch in jedem sozialistischen Staat? Wo immer Menschen sind, da ist Unrecht. Einmal sind es die besitzenden Aristokraten, einmal die potenten Parteiführer, einmal die Gewerkschaften, einmal die Arbeitgeber. Ich sehe einfach nicht ein, daß man Schönes zerstören muß, damit die Welt bleibt, wie sie ist: ungerecht. Verstehen Sie diesen Franz?«

»Aber sagt er denn, daß man Schönes zerstören muß?«

»Nein, aber es ist die Folge seiner Lehre. Das Seltsame ist, daß ich diesen jungen Mann, der hier eingebrochen ist wie der Wolf in den Schafstall, ohne daß er je den Fuß in dieses Haus gesetzt hat, daß ich ihn nicht hassen kann. Es ist etwas an ihm, das anzieht, man kann es nicht erklären. Nicht nur junge Menschen laufen ihm nach, auch ältere, auch solche, die in der Welt erfolgreich waren, berühmt sogar. Was ist das nur, was ist es nur... Ich hätte ihn geliebt, wäre er mein Schwiegersohn geworden, auch wenn er nicht von Adel ist. Klara liebt ihn. Warum haben sie nicht geheiratet? Wie leben sie denn zusammen? Nicht einmal im gleichen Haus leben sie, und sie sehen sich selten. Ist das Liebe? Ich verstehe das nicht.«

Um etwas Tröstliches zu sagen, werfe ich ein: »Aber das kann sich doch noch ändern? Eines Tages, wenn die beiden älter sind und ihre Erfahrungen in der Kommune gemacht haben, kehren sie zurück und führen ein normales Leben, das kennt man doch.«

»Nein, nie wird das sein«, sagt der Graf. »Sie kennen weder Klara noch Franz, sie sind Unbedingte, Endgültige, verstehen Sie?«

Wir hatten inzwischen schon einiges getrunken, ein alter gichtiger Diener hatte Wein gebracht, und zwar einen starken, einen vom eigenen Boden des Grafen, und wir wurden beide sentimental.

»Wenn ich sterbe«, sagt der Graf, »werden hier schmutzige Kinder herumtoben oder sabbernde Greise hocken oder Kranke in eisernen Betten liegen. Teppiche und Bilder sind verkauft, es wird nach Suppe und Seifenlauge riechen und nach Schlimmerem. Nun gut, ich werde nichts mehr sehen, nichts mehr riechen von all der demokratischen oder karitativ betreuten Misere, ich liege tief unten in der Familiengruft, luftdicht abgeschlossen, falls bis dahin nicht auch Gräber sozialisiert sind und unsere Gruft als Massengrab dient. Ja, ich bin bitter, ich habe ein Recht dazu, mein einziges Recht, ein anderes blieb mir nicht.«

»Aber«, sage ich, »Ihre Enkelinnen leben doch, und Sie können zu ihnen gehen, ist das nichts?«

»Ich zu ihnen gehen? Mein Herr, ich werde doch nicht geschmacklos. Einmal, am Anfang, schickte ich den Diener hinauf mit Geschenken. Der Korb kam zurück, unberührt, obenauf lagen Gebirgsblumen.«

»Und wenn Sie ohne Geschenke hinaufgehen?«

»Nein, nein, die Würfel sind gefallen.«

Was wir dann noch redeten, weiß ich nicht mehr, ich war stockbetrunken und erinnere mich nicht, wie ich ins Hotel gekommen war. Dennoch erwachte ich früh und dachte sofort an die Halb-acht-Uhr-Messe, von der mir der fette Junge erzählt hatte.

Er wartete schon vor dem Hotel. Offenbar verlangte er

von seinen Klienten dieselbe Zuverlässigkeit, wie er sie zeigte.

In der Kapelle war es ziemlich dunkel, bis die Kerzen am Altar angezündet wurden, und ich traute meinen Augen nicht, angezündet von wem, von meinem fetten Jungen in Ministrantenkleidung. Er ministrierte auch dann wirklich bei der Messe, und er tat es, ohne auch nur einmal in der Nase zu bohren und ohne daß er sich im lateinischen Text verhaspelte. Seine Dicke, die ihn zu trägen Bewegungen zwingt, gab ihm sogar eine gewisse Würde. (Hernach erfuhr ich von ihm, daß er das Ministrieren als passablen Nebenverdienst betreibe, weiter aber nichts von »frommen Sachen« halte. Er läßt sich einfach keine Gelegenheit zum Geldverdienen entgehen. Allerdings leistet er dafür auch beste Arbeit. Sein Ministrieren ist perfekt.)

Der Geistliche ist sehr alt, manchmal muß ihn der fette Junge stützen, er tut es ebenso kräftig wie behutsam. Die Messe erinnert mich an meine Kinderzeit. Ich fühle ein bißchen Heimweh und weiß nicht nach was. Aber das sind Stimmungen, auf die ich wenig achte.

Nach der Messe holt mich der fette Junge in die Sakristei. Dort überläßt er mich dem alten Geistlichen und verschwindet lautlos.

Der alte Herr lädt mich ein, mit ihm zu frühstücken. Er haust in einem ärmlichen Zimmer, und das Frühstück ist entsprechend: eine Tasse Milchkaffee und ein trockenes Stück Brot, für mich läßt er Kuchen bringen, eine alte Frau serviert.

Der alte Herr ist offenbar vom fetten Jungen schon unterrichtet darüber, was ich hier suche. Er beginnt sofort davon zu reden. »Sie wollen also für eine Zeitung über unseren Franz schreiben. Glauben Sie denn an Gott?«

Auf diese Frage war ich nicht vorbereitet, und gewöhnlich bin ich es, der fragt.

»Ob ich an Gott glaube? Ich weiß nicht. Weder ja noch nein. Ich beschäftige mich nicht mit solchen Dingen.«

»Und Sie wollen über Franz schreiben?«

»Warum denn nicht?«

»Freilich, man kann über alle schreiben, nicht wahr?«

»Grundsätzlich ja.«

»Aber über Franz können Sie nicht schreiben.«

»Warum nicht?«

»Weil Sie von diesen Dingen nichts verstehen.«

»Würden Sie mir bitte erklären, was Sie unter ›diesen Dingen‹ verstehen?«

»Sie selbst haben von ›diesen Dingen‹ gesprochen, ich muß also annehmen, daß Sie wissen, was Sie damit meinen.«

»Eins zu Null für Sie. Aber wir sollten doch feststellen, ob wir unter ›diesen Dingen‹ die genau gleichen verstehen.«

»Gut, was verstehen Sie darunter?«

»Religion.«

»Was ist das?«

»Nun: der Glaube an ein Wesen namens Gott, das alles geschaffen hat und das Geschaffene erhält und regiert.«

»Ist das alles?«

»Nein, aber ich bleibe schon hier hängen. Ich finde nämlich, daß dieser Gott, wenn es ihn gibt, die Welt zwar vielleicht gut gemacht und sich ihre Entwicklung vernünftig gedacht hat, daß er sie aber aus der Hand verloren hat. Ich finde, daß ihm alles immer schlechter gerät. Wäre ich er, ich ließe nicht an einigen Stellen der Erde jahrelang keinen Regen fallen, an andern aber jedes Jahr das Land mit Wasserfluten überschwemmen, so daß hier wie dort die Ernten vernichtet werden und die Menschen verhungern. Zum Beispiel. Ich ließe auch nicht einige wenige Leute reich werden und die meisten arm bleiben. Ich ließe keine Kriege zu, das heißt, ich hätte die Menschen ohne Haß und Habgier erschaffen. Ich hätte keine Tuberkeln und keine Leprabazillen erschaffen. Und so fort. Kurzum: Was für ein Gott ist das, an den ich glauben soll, wenn er mir nicht gefallen kann? Warum lächeln Sie?«

»Weil Sie so gut wie ich wissen, daß an den meisten Leiden auf unserer Erde nicht Gott, sondern der Mensch schuld ist, und daß Gott dem Menschen Freiheit gab, gut oder schlecht zu wirtschaften auf dieser Erde. Ich meine, Sie sind zu intelligent, um das nicht zu wissen. Sie wissen auch, daß das Problem ein anderes ist. Nicht was Gott tat oder nicht tat, ist die Frage, sondern was der Mensch tut oder nicht tut, um das, was übel ist, gut zu machen aus Liebe zur Erde, aus Liebe zum Mitmenschen, aus Liebe zur Liebe.«

»Ist das Religion?«

»Es ist die Außenseite.«

»Und die Innenseite?«

»Können Sie Hebräisch? Nein? Aber ich. Wenn ich Ihnen dieses Buch hier aufschlage, so sehen Sie Zeichen. Können Sie sie deuten? Nein. Ich habe Hebräisch gelernt, ich kann lesen und begreifen, was hier steht. Man muß in einer Sache leben, um sie zu kennen.«

»Zwei zu Null für Sie. Sie wollen mir sagen, daß man wissen muß, warum man sich sozial engagiert, oder?«

»Man muß die letzten Zusammenhänge sehen. Den Menschen helfen, daß sie mehr verdienen und besser leben, ist gut. Aber es genügt nicht. Das macht sie nicht glücklich. Man muß ihnen aus ihrer Einsamkeit heraushelfen, man muß sie lieben, man muß... Warum schauen Sie mich so an? Spreche ich Hebräisch für Sie?«

»Nein, nein, aber...«

»Aber was?«

»Nichts, nichts. Aber vielleicht sollten Sie mir doch lieber handfeste Informationen geben, ich meine über diesen Franz.«

»Ich erzähle ja von ihm!«

»Schon, aber das ist nichts, worüber ich schreiben kann.«

»Sagte ich es Ihnen nicht, daß Sie nicht über Franz schreiben können, wenn Sie nicht an Gott glauben? Aber ich will Ihnen doch erzählen, was ich weiß an simplen Fakten.«

»Mit denen jemand wie ich, der nichts versteht, etwas anfangen kann, das wollen Sie damit sagen?«

»Hören Sie zu: Ich habe Franz getauft vor rund dreißig Jahren. Auf Wunsch seiner Mutter habe ich ihn Johannes getauft. Der Vater war auf einer langen Geschäftsreise. Als er zurückkam, verlangte er, das Kind müsse Francesco genannt werden, und warum? Weil das Geschäft einen neuen Wollstoff auf den Markt gebracht hatte, mit dem es ein Vermögen verdiente. Der Stoff war nach französischer Art gewebt, und man hieß ihn darum Francesco, und das Kind nannte man nach dem Stoff, vermutlich sollte der Name dem Kind Glück bringen, das heißt Reichtum.«

»Und was sagte die Mutter zu der Umbenennung?«

»Sie wurde nicht gefragt. So begann das Leben dieses Kindes mit einer Last und einer Spannung zwischen dem, was die Mutter in ihm sah, und dem, was der Vater aus ihm machen wollte. Äußerlich ging alles gut. Das Kind wurde verwöhnt: vom Vater mit Geld, von der Mutter mit Liebe. Zum Glück mußte der Vater die Erziehung der Mutter überlassen, er war zu sehr beschäftigt. Die Mutter erzog Franz in ihrem Sinne.«

»In welchem?«

»Sie war fromm und liebte die Armut.«

»Da muß ich lachen. Wäre ich so reich wie sie, könnte ich auch die Armut lieben.«

»Ihr Mann ist reich, nicht sie.«

»Aber das kommt doch aufs gleiche heraus!«

»Nein, nein. Er liebt den Besitz, ihr ist er eine Last, vielmehr eine Sünde. Sie lebt für sich äußerst einfach.«

»Was reiche Leute so für einfach halten!«

»Sie besitzt, als besäße sie nicht.«

»Den Spruch kenne ich. Damit betäuben viele fromme Reiche ihr Gewissen. Solang Madame Bernardone nicht ihren Besitz verläßt wie die Gräfin und ihre sagenhaften Töchter, so lange nehm ich ihr diese fromme Armut nicht ab.«

»Frau Bernardone hat einen Ehemann und andere Kinder, sie hat die Pflicht, bei ihrer Familie zu bleiben.«

»Nun gut, meinetwegen, mir imponiert die Gräfin eben mehr.«

»Radikale Lösungen sind oft leichter als die Erfüllung alltäglicher Pflichten.«

»Vielleicht. Aber kommen wir zu einfachen Tatsachen zurück. Die Mutter erzog den Franz. Wie?«

»Sie lehrte ihn singen, beten, Gitarre spielen, den Armen Geschenke bringen.«

»Viel Erfolg scheint sie damit nicht gehabt zu haben. Mit lauter Singen und Beten ist der Franz ein Playboy geworden, der das Geld nicht den Armen gab, sondern mit den Kumpanen durchbrachte.«

»Der Vater wollte, daß die Stadt den Reichtum seines Hauses an den Taschen seines Sohnes ablesen sollte. Darum füllte er diese Taschen. Und außerdem diente Franz dem Geschäft sozusagen als Vorführmodell: Franz trug die neuesten Moden zur Schau, und alle jungen Leute wollten so gekleidet sein wie er, und die Stoffe gab es nur bei Bernardone. So brachte Franz dem Vater wieder ein, was er mit den Kumpanen ausgab. Franz war eben der Held der Jugend unsrer Stadt und Umgebung.«

»Ein Playboy, mit einem Wort.«

»Ein Playboy, ja, ein spielender Knabe. Er spielte im Theater der Eitelkeit eine Rolle, aber es war nicht die seine, es war eine aufgezwungene. Sie machte ihn nicht glücklich, und eines Tages gab er sie auf.«

»Ändert man sich von einem Tag auf den andern?«

»Es gibt hier in der Nähe einen Bach, der plötzlich verschwindet, unterirdisch weiterläuft und nach hundert Metern wieder zutage tritt.«

»Ich verstehe: Das gute Kind, von der Mutter fromm erzogen, gerät für eine Weile in schlechte Gesellschaft, und wieder eine Weile später bricht die Bravheit mächtig durch. Der Sieg der Tugend. Eine erbauliche Geschichte.«

»Warum spotten Sie immer?«

»Pardon. Eine Journalisten-Gewohnheit. Unsereins bekommt über jede Sache, nach der er fragt, hundert verschiedene Auskünfte, falsche, halbwahre, erlogene, wahre, da wäscht man sich eben wie Pontius Pilatus die Hände und fragt: was ist Wahrheit.«

»Sie wollten simple Fakten hören, nicht wahr? Das, was ich Ihnen jetzt berichte, habe ich von Augenzeugen erfahren, von unverdächtigen, nämlich von den Zechkumpanen Franz', die darüber entrüstet waren.«

»Ah, die Geschichte von der Unterschlagung?«

»Kennen Sie die Vorgeschichte? Franz hatte sein erstes eigenes Auto geschenkt bekommen vom Vater. Einen Sportwagen. Das Ereignis wurde gefeiert. Der Wagen stand mitten auf dem Marktplatz. So ein Auto gab es in der Stadt noch nicht. Die Leute standen eine Weile davor und bewunderten es, andere regten sich auf und beschimpften die Reichen, die sich einen solchen Wagen leisten. Franz war mit den Freunden in der Bar. Plötzlich sah er, wie eine von den Gestalten, die man nicht gern sieht, vor seinem Auto stand.«

»Was für eine Gestalt?«

»Damals gab es noch das Armenhaus, in dem auch unheilbar Kranke untergebracht waren. Es gab da einen, der ein Ekzem hatte, das die Haut schuppig machte und sehr juckte, so daß der Mann sich aufkratzte, und da er immer schmutzig war, infizierte er sich immer aufs neue; die Wunden eiterten und stanken. Das Gesicht war halb zerfressen, darum trug er immer ein Tuch darüber mit Löchern für Augen, Nase und Mund. Dieser nun stand vor dem Auto. Franz sah das nicht gern, und er ging hin. Der Kranke dachte, er würde ihn schlagen, wie es andere machten, und er wollte weglaufen, fiel aber zu Boden. Und nun geschah es: Franz kniete sich zu dem Gestürzten, redete mit ihm, half ihm hoch, hob das Tuch von seinem Gesicht und küßte es.«

»Guter Gott, wie unappetitlich! Mußte das sein?«

»Wie unappetitlich, ja. Ich gestehe Ihnen, daß ich nicht könnte, was Franz konnte.«

»Und dann?«

»Dann führte Franz den Mann zum Armenhaus, und als er wieder in die Bar zurückkehrte, betrank er sich, und als er die Zeche für alle bezahlen wollte, hatte er kein Geld, er hatte es im Armenhaus gelassen. Alle lachten ihn aus, denn die im Armenhaus waren fast alle Taugenichtse, die das Geld nur vertrinken würden. Aber Franz gab keine Widerrede, er ging weg, und Bernardo ging mit ihm. Den Bernardo nahm er dann auch mit nach Foligno, wo Franz seines Vaters Ware verkaufen sollte. Bernardo ist bei Franz in der Kommune.«

»Den sollte ich befragen«, sagte ich.

Der alte Herr schaut mich eine Weile an und sagt nichts, dann tippt er mir mit dem Zeigefinger ganz leicht auf die Stirn und sagt: »Sammeln Sie nur Informationen! Solang Sie sie nur hier oben aufbewahren, schaden sie niemandem, leider nützen sie auch niemandem. Gehen Sie mit Gott.«

»Nein«, sage ich, »so können Sie mich nicht wegschicken. Sie behandeln mich wie einen Dummen, dem man das Eigentliche nicht sagen kann.«

»Man muß nicht gerade dumm sein, um dieses Eigentliche nicht zu verstehen. Aber was wollen Sie denn wissen?«

»Wer dieser Franz tatsächlich ist: ein Geisteskranker, ein religiöser Schwärmer, ein vernünftiger, wenn auch radikaler Sozialist mit allzu modernen Ideen, oder was?«

»Eine einzige Möglichkeit haben Sie außer acht gelassen.«

»Welche?«

»Kennen Sie die Geschichte von dem reichen Jüngling, der zu Jesus kam?«

»So ungefähr: Er kam zu Jesus und erzählte ihm des langen und breiten, wie gut er sei. Was er eigentlich wollte, weiß ich nicht. Aber ich erinnere mich, daß Jesus ihm sagte, er soll all sein Hab und Gut verschenken. Das wollte der reiche Junge nicht und ging weg. Stimmt's?«

»So ungefähr«, wie Sie selbst sagen. »Warum aber gab Jesus dem Jüngling den Rat, arm zu werden?«

»Ja, warum eigentlich? In allen Ländern der Erde gibt es Millionen Armer, und wir geben uns einige Mühe, diese Armut zu vermindern. Armut ist nichts Gutes. Ich war als Student arm, meine Eltern waren kleine Bauern. Ich habe oft gehungert, ich kann Ihnen sagen, das ist nicht angenehm.«

»So ist es, auch meine Eltern waren arm.«

»Vielleicht meinte Jesus, daß jeder am eigenen Leib spüren soll, wie es ist, arm zu sein.«

»Das auch.«

»Was sonst?«

»Sehen Sie diese Tasse? Als sie voll war, konnte man nichts anderes eingießen. Wenn nun Sand darin gewesen wäre und man wollte guten Wein eingießen, was müßte man tun?«

»Den Sand ausschütten. Ist Reichtum Sand?«

»Ja!«

»Und der Wein, den man eingießen will?«

»Ich nenne ihn: Geist der Liebe.«

»Was ist das eigentlich? Nächstenliebe oder was?«

»Ich erzähle Ihnen etwas von Franz, aber es ist schwer zu verstehen.«

»Für einen Idioten wie mich, meinen Sie.«

»Man kann sehr gescheit sein und es doch nicht verstehen. Franz saß mit seinen Gefährten an einem Feuer, und die Flammen ergriffen seinen Mantel. Die Gefährten löschten die Flamme. Und was sagte Franz? Warum habt ihr dem Bruder Feuer nicht erlaubt, den Mantel zu verzehren?«

»Das ist wirklich...«

»Verrückt, nicht wahr? Franz hat ein Lied gedichtet, in dem er Sonne, Feuer, Wind und Quelle Bruder nennt und Mond, Erde, Sterne Schwestern.«

»Poetisch.«

»Mehr!«

»Es war was Indisches: die Hindus haben auch so ein Gefühl, als sei alles eins.«

»Es ist so. Und wenn für Franz Feuer, Wasser, Erde Brüder und Schwestern sind, so sind ihm alle Menschen Geschwister, die er liebt.«

»Gut. Aber die Geschichte mit dem Feuer ist doch verrückt.«

»Haben Sie jemals geliebt?«

»Wieso? Nun ja, doch, natürlich!«

»Und waren Sie in Ihrer Verliebtheit immer ganz vernünftig, oder war nicht ein wenig Verrücktheit, ein wenig Wahnsinn mit dabei?«

»Ja, doch, zugegeben.«

»Sehen Sie: echte Liebe ist ein Strom, der die Ufer überflutet. Mehr kann ich Ihnen nun wirklich nicht mehr sagen.«

Damit fällt wieder einmal eine Tür zu. Ich stehe draußen und komme mir unsäglich dumm vor. Aber vielleicht bin ich der einzige Normale unter lauter Verrückten?

Vor dem Pfarrhäuschen sitzt der fette Junge und bohrt nicht in der Nase, sondern schläft mit offenem Mund.

»He«, sage ich, und er schlägt die Augen auf.

»Und jetzt?« frage ich. Er versteht sofort, was ich meine, er steckt den Finger in die Nase und denkt bekümmert nach. Ich bin überzeugt, daß ihm etwas einfällt für mich.

»Ja«, sagt er schließlich zu sich selber, »das könnte gehen.«

»Was denn?«

»Ich könnte Sie zu den Meinen bringen. Aber sehr nett sind die nicht. Und wenn Sie die nach dem Franz fragen, da können Sie was hören.«

»Ich werd's aushalten, gehen wir.«

Er steht auf, er verlangt nicht einmal einen Vorschuß auf seinen Vermittlerlohn. Er trottet mir voran.

Seine Eltern haben ein Lebensmittelgeschäft, nicht groß, nicht klein.

Der fette Junge bleibt auf der anderen Straßenseite stehen, er mag nicht mitgehen, er sagt, er kenne das Gerede und Geschimpfe schon lang auswendig. Er deutet auf das Schaufenster: »Beide sind da«, sagt er, »und meine Tante auch, das ist eine besonders nette.«

So vorbereitet betrete ich den Laden. Natürlich muß ich einiges kaufen: Kekse, Schokolade, Kaugummi. Ich kann es den Kindern in der Siedlung schenken. Die Eltern des fetten Jungen sind überaus mager, und die Tante ist geradezu ein Stecken, lang und dürr. Ich beginne ein Gespräch, ich fange mit dem Wetter an, frage, ob es wohl beständig sei und ob ein Ausflug ins Gebirge ratsam sei und ob kein Gewitter komme.

»In die Berge wollen Sie?« fragt die dürre Tante. »In was für Berge?«

Ich deute unbestimmt in die Höhe und Weite.

»Was wollen Sie dort?« fragt sie streng.

»Nun, was will einer, der einen Ausflug macht?«

»Wollen Sie vielleicht auf einen ganz bestimmten Berg?« fragt sie argwöhnisch. Sie wittert schon etwas.

»Ja«, sage ich, »das heißt nein.«

»Was soll das heißen?«

»Daß ich nicht weiß, wo das ist, was ich suche.«

»Aha«, sagt die dürre Tante und stößt den Vater des fetten Jungen mit dem Ellbogen an. »Der Herr sucht was im Gebirge!«

»So«, sagt der Vater, »soso.«

»Wär's nicht besser, er ginge nicht hinauf?« fragt sie.

»Laß ihn nur hinaufgehen, er wird schon was erleben mit den Banditen.«

»Gibt's denn Räuber da oben?« frage ich.

»Hab ich gesagt ›Räuber‹? Ich hab gesagt ›Banditen‹. Ich mein, was ich sag.«

»Haben Sie viel Geld bei sich?« fragt die Tante.

»Warum?«

»Weil die da oben es Ihnen abnehmen und Sie auch noch glauben machen, daß Sie's freiwillig hergeben, weil Sie's selber gestohlen haben.« (Die Tante lacht, es klingt, als ob sie in eine blecherne Gießkanne hineinlachte.)

»Bitte, wovon reden Sie eigentlich?« frage ich.

»Tun Sie doch nicht so, als wüßten Sie's nicht«, sagt die Tante. »Alle, die nach dem da droben fragen, kommen auch zu uns herein.«

»Wieso?«

»Nun, sind Sie nicht hereingekommen?«

»Also: was ist mit ›dem da droben‹? Ist er ein Hexer oder nicht?« frage ich.

»Der ein Hexer? Das wird sich zeigen beim Prozeß, was der ist. Aber für den ist ein Prozeß noch zu gut.«

»Lynchen sollte man ihn«, sagt der Vater. »Meinen Ältesten hat er auch hinaufgeholt.«

»Und warum lynchen Sie ihn nicht, den Franz?« frage ich.

»Warum? Was glauben Sie, was für einen Aufstand das gäbe. Wir hätten die ganze Jugend gegen uns und würden die Kundschaft verlieren.«

»Und warum schreitet die Polizei nicht ein?«

»Was soll sie denn machen, solang die da oben nichts Strafwürdiges tun?«

»Und warum holen die Eltern ihre Kinder nicht selber zurück?«

»Die gehen nicht. Nichts zu machen.«

»Ha«, sagt die Tante, »wenn ich ein Kind da oben hätte, das käme herunter. Ihr seid alle feig.«

»Geh und hol den unsern«, sagt der Vater verärgert. »Aber«, sagt er zu mir, »jetzt kann er unsretwegen oben bleiben, wir haben ihn enterbt. Wenn er wieder kommt, ist er so arm, wie er's sein will, haha! Arm wollen die sein, sagen sie. Als ob die wüßten, was Armut ist. Ich weiß es, ich! Ein Findelkind war ich, bei armen Leuten aufgezogen, von einer Familie zur andern geschoben, überall eine Last und nie satt. Aber gestohlen hab ich nie. Ich hab gearbeitet, schon als Kind, ich hab Botengänge gemacht und später auf dem Markt Gemüse abladen geholfen um sechs Uhr in der Früh. Gegessen hab ich, was die Marktfrauen weggeworfen haben, und nie hab ich einen Mantel gehabt und nie feste Schuhe und nie ein Bett für mich allein. Aber die da oben, die haben ein Haus, die halten zusammen, die haben auch Geld, was meinen Sie, was die verdienen mit Schallplatten, und die Gräfin ist auch nicht ohne was da hinauf, die mit ihrer freiwilligen Armut!!«

»Denen geht's gut«, sagt plötzlich die Mutter. Es ist der erste Satz, den sie sagt, und er klingt wie: Gott sei Dank, meinem Ältesten geht's gut da oben.

»Aber ich«, sagt der Vater und schlägt sich dabei auf die Brust, »ich hab nicht arm sein wollen, nicht freiwillig und nicht unfreiwillig. Ich wollte Geld verdienen und reich werden, und ich hab dafür gearbeitet, und mit zwanzig war ich Verkäufer hier und mit fünfundzwanzig Geschäftsführer, und mit dreißig gehörte der Laden mir, und dies Jahr bauen wir ihn noch aus. So muß man leben, das ist anständig.«

»Ja«, sagt die Tante, »darum ruht Gottes Segen auf uns.«
Ich kann mir nicht helfen, ich muß lachen, ich lache laut heraus.

»Was lachen Sie?« fragt die dürre Tante streng.

Ich kann ihr nicht die Wahrheit sagen, ich sage: »Ich dachte nur an Ihren anderen Sohn, der gerät ganz nach Ihnen, nicht wahr? Ein tüchtiger kleiner Geldverdiener. Weil wir gerade davon reden: der könnte mich ja da hinaufführen, ich bezahle ihn gut, sehr gut.«

»Was?« schreit der Vater, »da hinauf geht der mir nicht!«

»Warum nicht? Der will doch nicht arm sein, der will Geld verdienen, also brauchen Sie doch keine Angst zu haben, daß der auch oben bleibt.«

»Nein und nein, der geht da nicht hinauf, basta. Dieser verfluchte Franz, der hat schon Unglück genug über die Stadt gebracht. Vorher war alles ruhig, und jeder hat gewußt, was recht ist, bis der Franz anfing zu sagen, daß Weiß nicht Weiß ist und Schwarz nicht Schwarz und daß Geld Dreck ist und Besitz Diebstahl. Wissen Sie, was dieser Franz ist?«

»Was denn?«

»Ein Kommunist!«

»Vielleicht«, sage ich, nehme mein Päckchen und gehe.

Der fette Junge erwartet mich auf der andern Straßenseite im Schatten.

»So«, sagt er befriedigt, »jetzt haben Sie gehört, was die sagen. Hinaufbegleiten darf ich Sie nicht. Aber ich weiß was anderes.« Er zieht mich in eine Seitengasse vor ein Kirchenportal und flüstert: »Da drinnen ist die Madame Bernardone. Wenn sie herauskommt, können Sie sich an sie heranmachen.«

»Eine Ausdrucksweise hast du, ich muß schon sagen. Ich will mich nicht an sie heranmachen, ich will mit ihr reden.«

»Das meine ich doch«, sagt er. »Aber so wie Sie aus-
schauen, redet die mit Ihnen nicht, die Sorte von der Zeitung kennt sie. Warten Sie hier.«

Ich warte also. Der fette Junge kommt bald wieder und
trägt überm Arm eine alte zerrissene Jacke. »Da«, sagt er,
»ziehen Sie die über, und dann betteln Sie.«

»Du bist verrückt, ich und betteln!«

»Wollen Sie mit ihr reden oder nicht? Also.«

»Du bist schon ein gerissenes kleines Stück.«

»Aber von dem, was die Ihnen gibt, müssen Sie mir ein
Drittel abgeben.«

»Die Hälfte meinetwegen.«

»Ein Drittel. Gehen Sie an die Kirchentür und betteln.« Ich
stelle mich also neben dem Portal auf, ziehe die alte zerrissene Jacke an, kämme mir die Haare tief in die Stirn und
probe das Betteln. Ist es vorteilhafter, zu sitzen oder zu
stehen? Sechs alte Weiblein gehen an mir vorbei, ohne mir
etwas zu geben. Ein alter Mann sagt: »Schäm dich zu betteln, arbeit was, dann hast du was.« Und ein Mädchen sagt:
»Du versäufst ja doch, was man dir gibt, die Sorte Bettler
kennt man.« Dann binde ich mir, um Mitleid zu erregen, ein
Taschentuch über das eine Auge: ein armer Blinder.
Nichts. Ich verliere die Geduld und trete in die Kirche ein.
Da kniet die Frau Bernardone, das muß sie sein. Obwohl sie
ein schwarzes Umschlagtuch trägt wie alle andern Frauen,
erkenne ich sie, denn sie kniet so großstädtisch und elegant
da. Endlich steht sie auf, und ich begebe mich an meinen
Platz neben dem Portal. Ich hebe ihr meine flache Hand
entgegen. Sie schaut mich prüfend an, dann sagt sie: »Dich
kenne ich nicht, du bist nicht von hier.« Sie schaut mich
weiter an: »Sie sind das Betteln nicht gewöhnt. (Sie sagt
jetzt Sie zu mir.) Warum betteln Sie?«

»Warum wohl«, sage ich und stelle mich ärgerlich.
»Warum bettelt ein Mensch? Wäre ich so reich wie Sie,
brauchte ich nicht zu betteln.«

»Kennen Sie mich denn?« fragt sie.

»Wer kennt Sie nicht«, sage ich.

»Sie könnten arbeiten«, sagt sie, »in der Siedlung braucht man immer Leute. Aber auch das sind Sie nicht gewöhnt. (Sie hat meine Hände gesehen.) Was ist los mit Ihnen?«

»Wenn ich mit Ihnen gehen darf, werde ich es Ihnen sagen.«

»Wohin gehen?«

»Irgendwohin, wo ich unter vier Augen reden kann.«

»Nun gut, kommen Sie.«

Ich folge ihr um einige Ecken, steige mit ihr einige Treppchen hinauf und trete hinter ihr in einen Garten ein. Besser konnte die Sache gar nicht gehen. Ich ziehe meine zerrissene Jacke aus und nehme meine Binde ab.

»Madame«, sage ich, »verzeihen Sie mir den kleinen Betrug. Ich bin kein Bettler, aber ich bitte Sie dennoch um Hilfe.«

»Und was kann ich für Sie tun?«

»Erzählen Sie mir von Ihrem Sohn.«

Sie schaut mich etwas mißtrauisch an. »Wozu?« fragt sie.

»Aber jetzt bitte kein Theater mehr.«

»Also gut: Ich bin Journalist und habe von meiner Zeitung den Auftrag, über Ihren Sohn zu schreiben.«

»Für oder gegen ihn? Freundlich oder feindlich?«

»Weder noch. Ich soll die Leser sachlich informieren.«

»Und was versprechen Sie sich davon?«

»Das Interesse der Leser für Ihren Sohn.«

»Was ist das: Interesse?«

(Ich verstehe nicht, was sie damit meint, denn sie muß doch wissen, was ein Interesse ist.)

»Warum sollen die Leser der Zeitung etwas von meinem Sohn erfahren?«

»Nun, Sie wissen, daß es ein Gerücht gibt, nach dem man Ihrem Sohn einen Prozeß machen will.«

»Ah, das ist es also, was Sie interessiert.«

»Ich weiß nicht, Madame, was ich darauf antworten soll. Vielleicht ist mein Interesse an Ihrem Sohn ein anderes als das der Leser.«

»Sie meinen: ein tieferes?«

»Vielleicht.« (Diese Frau mit ihren klaren Augen verwirrt mich.)

»Sie sind neugierig«, sagt sie. »Aber können Sie sich vorstellen, daß Ihnen eines Tages Ihre Neugier als dumm erscheint und daß Sie sehen, wie Sie mit Ihren Zeitungsartikeln leeres Stroh dreschen, und daß Ihnen überhaupt dieser Zivilisationstrieb unwirklich vorkommt und Sie von diesem Rad abspringen?«

»Ich weiß nicht, wie kann ich das wissen, Sie machen mich ganz konfus.«

»Meinen Sie, mein Sohn würde Sie nicht viel konfuser machen?«

»Ich muß es auf den Versuch ankommen lassen, ich will mit ihm reden, ich will in seine Kommune gehen.«

»Für einen Tag? Und Sie meinen, da lernen Sie ihn verstehen? Und Sie meinen, man geht da hin, ohne gerufen zu sein?«

»Wer ruft einen denn?«

»Der gerufen wird, merkt es.«

»Ich verstehe: Sie wollen mir keine Auskunft geben.«

»Nein, so ist es nicht. Ich kann Ihnen nur nichts sagen, was Sie verstehen können, so gescheit Sie scheinen. Warten Sie.« (Sie holt aus ihrer Tasche ein Blatt Papier und beginnt zu lesen): »Herr, mache, daß ich nicht wünsche, getröstet zu werden, sondern zu trösten, nicht verstanden zu werden, sondern zu verstehen, nicht geliebt zu werden, sondern zu lieben. Selig, der sich freut zu leiden, weil er mit seinen Leiden die Leiden andrer erleichtert.«

Sie blickt auf: »Nun, ist das etwas für Sie?« (Sie lächelt.)

»Hm«, sage ich, »so beim ersten Anhören ist es eine Sprache, die ich nicht verstehe.«

»Sehen Sie«, sagt sie, »das ist die Sprache meines Sohnes. Und jetzt müssen Sie gehen, bitte, ich habe zu tun.«

1. September

Nach der Abfuhr, die mir diese Frau gestern hat angedeihen lassen, hatte ich zu nichts mehr Lust. Irgendwie ist mir der Geschmack, den ich an Franz heimlich bekommen hatte, wieder verdorben worden. Vielleicht ist er doch nur einer der vielen kleinen Sektierer, die heute so zahlreich herumlaufen, Anhänger gewinnen und eines Tages wieder abhanden kommen aus dem Gedächtnis der Leute. Ich war richtig ärgerlich, und – ich muß es mir eingestehen – ich war enttäuscht. Ich überlegte, ob ich nicht diesen ganzen Auftrag schwimmen lassen sollte, obwohl mich das nicht nur einen Haufen Geld, sondern die Sympathie meines Chefs kosten würde. Ich fuhr nicht gleich nach Rom zurück, ich fuhr erst einmal nach Perugia, ich brauchte einen Luftwechsel.

So dachte ich. Aber verdammt: die Sache läuft mir nach. Ich fahre so vor mich hin. Auf halber Strecke sehe ich zwei Leute den Hügel herunterkommen. Zuerst halte ich sie für Kinder, weil sie mit einem Ball spielen, ich halte es jedenfalls für einen Ball, was sie sich zuwerfen. Beim Näherkommen sehe ich, daß es kein Ball ist, sondern eine Tasche. Sie vergnügen sich, sie lachen, sie laufen, und ich halte an, denn ich denke, sie wollen mitfahren. Nette Burschen, aber nicht so jung, wie sie von weitem aussahen. Schätzungsweise mein Alter. Sie wollen aber nicht mitfahren, sie wollen zu Fuß gehen. Sie sagen es freundlich. Mich ärgert es, ich weiß nicht warum. Wahrscheinlich wollte ich Gesellschaft in meiner Mißlaune.

»Wie Sie wollen«, sage ich, »aber es wird sehr heiß.«

»Macht nichts. Einmal heiß, einmal kalt, wie es eben kommt. Wollen Sie mitspielen?«

»Spielen?«

»Ja, wir haben da ein schönes Spielzeug.«

»Diese Tasche da?«

»Sie ist voller Geld.«

»Das ist doch kein Spielzeug!«

»Was denn sonst? Wer nicht damit spielt, der verfällt ihm.«

»Sie reden in Rätseln. Also was ist los mit dieser Tasche?«

»Sie ist wirklich voller Geld.«

»Sind Sie Diebe?«

»Nein. Aber sind Sie einer?«

»Ich? Na hören Sie!«

»Doch sind Sie einer!«

»Sie reden irre. Ich verdiene mein Geld ehrlich mit meiner Arbeit.«

Die beiden lachen freundlich übermütig. Ich denke, sie sind verrückt, und es ist besser, weiterzufahren. Da kommt mir ein Einfall: die beiden können etwas zu tun haben mit Franz. Ich frage sie, ob sie einen gewissen Franz Bernardone kennen.

Sie lachen los. Dann sagt der eine zum andern: »Siehst du, das ist das Zeichen, an dem sie uns erkennen.«

»Also Sie gehören zu seiner Kommune?«

»Ja.«

»Aber ich denke, da hat man kein Geld?«

»Man hat auch keines.«

»Und diese Tasche ist voll davon!«

»Wir sind nur Bankboten, wir überbringen, was uns nicht gehört.«

»Schöne Bankboten, die mit dem Geld Ball spielen. Ich kann Judo, verstehen Sie? Ich kann Ihnen das Geld so gut abnehmen wie der nächstbeste Straßenräuber.«

»Wenn Sie Judo können: wir können Wunder tun.«

»Tun Sie eins!«

»Also: hier haben Sie den Beutel, bringen Sie ihn in Perugia ins Kinderhospital, sagen Sie zur Mutter Oberin, er komme von uns, von Franz.«

»Und worin besteht das Wunder?«

»Daß Sie das Geld wirklich dort abliefern, und wenn Sie der ärgste Räuber wären.«

»Verrücktes Volk«, sage ich. »Ich werde das Geld überbringen und hoffe nur, daß mich nicht die nächste Polizeistreife abfängt und für einen gesuchten Bankräuber hält.«

Ich fahre also auftragsgemäß weiter und suche die Kinderklinik, frage nach der Mutter Oberin und überreiche ihr die Geldtasche.

Sie ist gar nicht überrascht, sie sagt: »Das kommt im richtigen Augenblick wie immer, unsre Kasse ist leer.« Dann sagt sie: »Ich kenne Sie gar nicht, warum schickt der Franz nicht den Rufino wie sonst, ist er krank?«

Ich sage, daß ich weder Franz noch Rufino kenne und gar nichts mit der Kommune zu tun habe, und während ich das sage, komme ich mir vor wie ein Verräter und Lügner, weiß der Teufel wieso, denn ich sage ja die Wahrheit. Ich erkläre, wieso ich das Geld überbringe. Die Mutter Oberin lacht, sie sagt: »Das sieht denen gleich, das ist sicher dem Rufino eingefallen. Dieses Lamm würde das Geld auch einem Straßenräuber geben und von ihm verlangen, er soll es abliefern, und der Räuber würde es tun. Einmal hat er wirklich einen Räuber angebettelt, und der hat ihm gegeben. Eine verrückte Gesellschaft.«

»Sie kennen den Franz Bernardone?«

»Wie denn nicht!«

»Wollen Sie mir etwas über ihn erzählen?«

»Ja was denn? Ich weiß nur, was alle Leute wissen.«

»Was wissen alle Leute?«

»Wissen Sie denn nichts über ihn?«

»Einiges, aber Widersprüchliches. Die einen halten ihn für einen Kommunisten, die andern für einen Narren, die andern für einen Hexer, die andern für einen Heiligen.«

»Und?«

»Und?!«

»Kann er nicht alles zugleich sein?«

»Na, hören Sie!«

»Warum nicht?«

»Können Sie mir das nicht näher erklären?«

»Wenn man's erklären könnte, wäre es nicht wahr.«

»Das versteh ich nicht.«

»Macht nichts.«

»Sagen Sie mir wenigstens: darf ein Heiliger oder ein Kommunist Geld unterschlagen? Das tat er doch!«

»Man kann es so nennen.«

»Wie würden Sie es nennen?«

»Er hat unrecht Gut zurückerstattet.«

»Aha, Sie sind auch der Meinung, Eigentum sei Diebstahl? Sind Sie denn Kommunistin?«

»Ich? Ich bin Ordensfrau. Warum fragen Sie das?«

»Weil der Satz vom Eigentum als Diebstahl ein marxistischer Satz ist.«

»Deshalb braucht er doch nicht falsch zu sein, oder? Jesus mochte die Reichen im allgemeinen auch nicht so gern wie die Armen.«

»Das weiß ich nicht.«

»Die Geschichte vom reichen jungen Mann, dem er riet, alles zu verschenken, die kennen Sie doch?«

»Ja, aber Jesus hat daraus keine Ideologie gemacht, weder eine politische noch eine religiöse.«

»Natürlich nicht. Im Reiche Christi ist alles auf Freiheit gestellt.«

»Weil wir eben von Freiheit reden: wie ist das mit Franz; man sagt, er halte seine Leute mit magischen Kräften fest.«

Die Oberin lacht.

Ich sage: »Nun, weiß man denn sicher, ob er an ihnen nicht eine Art Gehirnwäsche vollzieht? Kann er sie nicht hypnotisieren? Ist es anders zu erklären, daß ihm sogar die Gräfin mitsamt den drei Töchtern verfallen ist?«

»Sie sind nicht Franz verfallen, sondern sie folgen Jesus nach. Was in den Kommunen geschieht, das ist etwas ganz Einfaches und Klares: man versucht, mit der Nachfolge Jesu ganz Ernst zu machen, das ist alles.«

In diesem Augenblick werden wir gestört, die Tür geht auf, und herein kommen die beiden von der Straße. Sie können unmöglich zu Fuß gegangen sein. Sie kamen per Anhalter.

»So«, sage ich, »mit mir wollten Sie nicht fahren!« »Du sollst dir keinen Götzen machen«, sagt der eine.

Sie lachen.

»Was heißt das nun wieder?«

»Die Freiheit der Kinder Gottes besteht darin, keine Grundsätze zu haben.«

»Sie werden eines Tages noch behaupten«, sage ich, »daß zwei mal zwei sieben ist. Meinetwegen. Ihr Geld habe ich abgeliefert. Jetzt gehe ich.«

Aber ich muß bleiben, die Oberin bringt Wein und Brot und Käse, und ehe ich dazu komme, mich wenigstens innerlich zu sträuben, fühle ich mich schon wohl und wie unter Freunden, die ich seit langem kenne. Eigentlich war ich schon seit Jahren nicht mehr so unbeschwert heiter. Aber ich mißtraue solchen Gefühlen, ich muß sie unter Kontrolle halten, ich brauche meinen kritischen Verstand, und ich muß an meine Arbeit denken, der ich ja doch nicht davonlaufen kann. Aber eigentlich habe ich gar keine Lust, diese Leute nach Franz auszufragen, es scheint mir plötzlich ganz unnötig und geschmacklos, überhaupt etwas über ihn zu schreiben. Jedoch ich zwinge mich dazu, mir Fragen auszudenken, zum Beispiel, wie sie denn zu so viel Geld kämen.

»Wir arbeiten und verdienen Geld.«

»Womit? Mit Schallplatten?«

»Nein, wir machen keine mehr. Franz sagt, das verdrehe uns den Kopf, wenn wir als Folksinger leben wollten. Wir singen nur mehr für die Kinder und die Kranken und in den Bergdörfern. Franz sagt, Berühmtsein ist zu gefährlich. Er selber könnte eine schöne Karriere machen mit seinen Canzoni. Wir tun andere Arbeit, wir töpfern und weben. Und wir helfen, wo man uns braucht, wir sind Gelegenheitsarbeiter.«

»Sind Sie denn Handwerker oder sonstwie gelernte Arbeiter?«

Jetzt lacht die Oberin: »Der da«, sagt sie, »ist oder war Professor für Soziologie an der Universität Padua, und der da ist Theologe, er war Priester.«

»Sie?«

»Ja, aber die Kirche will mich nicht mehr, ich bin ihr allzu radikal in der Nachfolge Jesu. Sie hat mich vor die Tür gesetzt, mit feinen Worten gesagt: sie hat mich meines Amtes enthoben. Gott sei Dank – kann sie mich nicht meiner Arbeit für das Himmelreich entheben.« (Alle lachen.)

Der Soziologe sagt: »Er war Pfarrer in einer römischen Vorstadt, in einem Barackenviertel, da gab es kein Trinkwasser, keine Kläranlagen, keine Bäder natürlich, keine Straßen. Die Leute, aus Süditalien zugezogen und auf Arbeit hoffend, die es nicht gab, lebten im Dreck, und niemand kümmerte sich um sie. Don Gerardo, der da also, lief sich die Füße ab von Behörde zu Behörde, umsonst. Da machte er mit seinen Leuten einen Protestmarsch zum Kapitol. Als er nicht zum Bürgermeister vorgelassen wurde, blieb er mit einem Teil seiner Pfarrkinder auf dem Platz vor dem Rathaus, Tag und Nacht, sie stellten Zelte auf und hängten Fotos von ihren Baracken auf und riefen durch Lautsprecher nach Hilfe. Don Gerardo hatte sich mit der Polizei angefreundet, genau gesagt, er hatte sich die Erlaubnis zur Demonstration geholt, und man hatte sie ihm gern gegeben. Das Volk war auf seiner Seite, und er blieb so lang im Sitzstreik, bis der Bürgermeister ihn empfing, und Gerardo bekam, was er wollte: seine Leute durften in leerstehende Wohnungen einziehen. Aber der Kirche war er verdächtig, er schien gefährlich, und eines Tages setzten sie ihn ab, vorübergehend, hieß es. Aber er ging, und zwar zu Franz, und einige junge Leute aus seiner Gemeinde gingen mit ihm.«

»Wie steht denn Franz zur Kirche?«

»Er sagt: Polemisieren, Kritisieren, Befeinden, Zerstören, das ist leicht und billig. Man muß etwas aufbauen in aller Stille und es einfach neben das andere hinstellen, gewaltlos und mit Liebe zum Ganzen. Das tun wir. Wenn Sie uns einmal ein großes Wort gebrauchen lassen (Franz würde uns auslachen oder tadeln), also, wir arbeiten an einem Modell für ein besseres Zusammenleben aller Menschen. Wir könnten auch sagen: wir arbeiten an der Rettung des Menschen.«

»Wie sieht das Modell aus?«

»Von außen betrachtet so: Wir haben kein Privateigentum, die Häuser sind geliehen, die Miete bezahlen wir durch Arbeit für die Eigentümer, das Land ringsum hat man uns auf Halbpacht überlassen, das heißt, wir bearbeiten es und liefern dafür die Hälfte der Ernte ab, wir sind vertraglich gebunden, den Boden landwirtschaftlich zu nutzen. Was wir verdienen, geben wir zum größten Teil sofort weg, zum allerkleinsten Teil tun wir's in die Gemeinschaftskasse für dringende Ausgaben, zum Beispiel für Krankheitsfälle. Wir sind gegen jede Gewinnsteigerung, wir bleiben arm, wir haben nie mehr Geld, als wir für die nächsten Tage unbedingt brauchen, oft ist das nicht da.«

»Na«, sage ich, »ob das als Modell dienen kann, bezweifle ich.«

»So extrem soll das nicht von allen gemacht werden.«

»So was«, sage ich, »ist schon einmal versucht worden. Die Jesuiten haben einmal in Südamerika so einen heiligkommunistischen Staat errichtet. Der ist bald gescheitert.«

»Am Eingriff fremder Mächte.«

»Immer werden fremde Mächte eingreifen und so etwas zerstören.«

»Wer sagt, daß es immer so sein wird? Und selbst wenn so etwas scheitert, bringt es andere zum Nachdenken. Die Erinnerung bleibt als Stachel und als Sehnsucht. Ist das nichts? Aber wir da oben haben immerhin schon handfeste Erfolge, zum Beispiel die drei Schulen für erwachsene Analphabeten, und jetzt bauen wir ein kleines Krankenhaus. Wir haben einen Arzt unter uns, einen Deutschen. Wir haben noch andere praktische Pläne.«

»Das ist eure Kommune von außen besehen. Und von innen?«

»Von innen ist es der Versuch, in heiliger Anarchie zu leben.«

»Was soll das heißen?«

»Etwas ganz Einfaches: bei uns gibt es keinen Leiter, keinen ersten, zweiten, dritten, vorletzten, letzten, keinen, der befiehlt, und keinen, der gehorcht, keinen, der privilegiert ist, jeder gehorcht jedem, oder besser gesagt: jeder gehorcht der Notwendigkeit.«

»Aber ihr habt doch einen obersten Führer!«

»Franz? Der ist nicht unser Führer, er ist unser Brennpunkt.«

»Warum gründet er eigentlich nicht gleich einen religiösen Orden?«

»Eben weil er eine offene Gemeinschaft will, und außerdem sind bei uns auch andre Leute als Christen, wir haben einige Hindus und einen Mohammedaner und einige Atheisten, wie man sie nennen kann.«

»Und alle vertragen sich untereinander?«

»Wir geben uns Mühe. In solcher Gemeinschaft leben muß gelernt werden.«

»Warum sind Sie als Professor in diese Kommune gegangen?«

»Ich wollte eines Tages nicht mehr weiterleben, ich habe plötzlich, mitten im Erfolg, schwere Depressionen bekommen. Ich bin von Psychiater zu Psychiater gelaufen, es wurde nur immer ärger, und eines Tages habe ich einen Selbstmordversuch gemacht, Schlafmittel, und als man mich wieder zurückgeholt hatte, pflegte mich ein junger Mensch. Der erzählte mir von Franz und brachte mich zu ihm. Franz sagte: ›Du bist nicht krank, du brauchst nur Liebe, dann weißt du wieder, daß das Leben einen Sinn hat.‹ Das war alles, aber es schlug ein, ich blieb bei Franz.«

»Und Ihre Wissenschaft? Ihre Erfolge? Hat es Sie nie gereut, das alles aufgegeben zu haben?«

»Sehen Sie«, sagt er, »jeder Mensch lebt auf zwei Ebenen. Auf der einen leistet man etwas, das von andern gesehen und beurteilt wird. Da hat man Erfolg oder Mißerfolg, da wird man getrieben von Ehrgeiz und Machtwillen und Besitzgier und Eigennutz und Eitelkeit, und man ist in Unruhe und verzettelt sich in lauter Betrieb. Auf der anderen Ebene sieht einen ein anderes Auge, und man wird mit einem andern Maßstab gemessen, der läßt nichts gelten als das, was ganz ohne Berechnung getan wird, ganz ohne Egoismus, aus keinem andern Motiv als dem der Liebe und der Freude. Ich bin von der einen Ebene auf die andre gesprungen, von der Erde in den Himmel.«

»Jaja«, sage ich etwas geniert, denn ich zucke immer zurück, wenn ich solche Worte höre. Das kommt mir so vor, wie wenn in einem Gedicht sich Sonne auf Wonne reimt und Blüte auf Güte. Rechnungen, die so glatt aufgehen, mag ich nicht. Ich bringe also das Gespräch in eine normale Richtung, die mir besser liegt. Ich frage: »Wie ist das eigentlich mit dem Prozeß, den man dem Franz machen will? Glauben denn seine Kläger wirklich an solchen Unsinn wie Verhexung?«

»Manche schon. In unsern Bergen gibt es allerlei Aberglauben und allerlei Glauben. Aber für die meisten ist's natürlich nur ein Vorwand. Mit so einer ungreifbaren Beschuldigung kann man die Gemüter schön aufheizen. Je unsinniger, desto besser und aufregender. Tatsächlich geht's um Politik oder jedenfalls um das, was solche Leute für Politik halten. Die einen wie die andern haben Angst vor Franz. Sie spüren, daß da einer, der gar keine Macht haben will, große Macht besitzt. Sie fürchten seinen Einfluß besonders auf die Jugend. Sie fürchten, seine Gesinnung könnte sich breit durchsetzen. Sie fürchten, ihre Söhne und Töchter werden eines Tages das, was sie mit solcher Mühe errafft haben, für nichts erachten und damit auch die Eltern nicht mehr achten um ihrer Raffleistung willen. Sie fürchten, dann keine Autorität mehr zu sein, sie fürchten, sie müßten etwas hergeben von ihrem Besitz, kurzum, sie fürchten, sie müßten das werden, was zu sein sie vorgeben: Christenmenschen.«

»Was ist das?«

»Leben nach dem Evangelium, wie Franz es uns zeigt.«

»Ich möchte es sehen.«

»Sehen? Da sieht man nichts. Das muß man mitleben und nicht nur für einen Tag und drei Wochen, sondern für immer, ohne auch nur ein einziges Mal zu kneifen.«

»Aber«, sage ich, »wie soll ich länger als ein paar Tage dort leben, ich habe doch meinen Vertrag mit der Zeitung, ich muß zurück!«

»Wenn Sie keine Zeit haben für das Leben mit Franz, werden Sie nichts von ihm wissen. Mit Journalisten-Neugierde kommt man nicht zum Wissen.«

Damit lassen sie mich stehen, sozusagen im Leeren; ich fühle mich abgewiesen, ausgeschlossen, abgeurteilt, bei der Prüfung durchgefallen, hier wie bei der Frau Bernardone. Ich bekomme den Verdacht nicht los, daß diese Franz-Leute bei aller stillen freundlichen Demut ein erhabenes Gefühl derAuserwähltheit haben und dem geistigen Hochmut verfallen. Meinetwegen.

Wenn ich nicht doch noch mit dem Anwalt reden möchte, der übermorgen zurückkommt, führe ich jetzt wirklich ab, ich habe die Nase voll.

2. September

Der fette Junge erwies sich wieder als zuverlässiger Manager: er hat mir für morgen ein Treffen mit dem Anwalt Rosella arrangiert, aber für heute fiel ihm nichts ein, und er ist darüber bekümmert. Sonderbarer kleiner Bursche: verspricht nichts, was er nicht halten kann, ist unentwegt tätig mit zielstrebiger Intelligenz, hält, was er versprochen hat und nimmt Geld nur für das, was er wirklich geleistet hat. Dabei häuft er emsig Geld auf sein Sparkonto, auf dem schon ganz schön viel ist, wie er mir sagt.

Heute war ich mir selber überlassen, und das war mir sogar recht, ich mußte einmal verdauen, was ich in den letzten Tagen an Informationen in mich hineingeschlungen hatte. Aber das Nicht-Gesuchte kam dennoch: eine neue Information. Beim Herumschlendern vor der Stadt sah ich einen Hirten mit Schafherde. Sie standen so schön im Gegenlicht, und ich machte ein paar Farbaufnahmen. Letztes Jahr war ich auf Sardegna und habe dort mit Hirten geredet. Sie sind einsilbig, und das viele Alleinsein mit den Schafen hat ihr Gemüt dumpf gemacht. Ihr Leben ist schwer, es ist ganz und gar abhängig von einem, wie sie sagen, unbegreiflichen Schicksal: dem Wetter. Bei langer Trockenheit stirbt das Gras, und dann sterben die Schafe. Ich erwarte von einem Gespräch mit einem Hirten nichts als Klagen über das Wetter und das Schicksal und allenfalls über die Regierung, die nichts für sie tut, wie sie sagen. Dieser Hirt nun ist etwa so alt wie ich und sieht freundlich und intelligent aus und ist einem Gespräch geneigt. Ich lenke es auf einigen Umwegen auf politische Fragen, die mich immer interessieren. Seiner Mundart nach stammt der Hirt aus Piemont, er rollt das R wie ein Franzose. Wie kam er hierher?

Er war Berufssoldat gewesen und überzeugt davon, daß man die Leute nur mit strengen Gesetzen und harten Strafen im Zaum halten könne. Er war so erzogen worden, sein Vater war Polizist, einer von den ganz scharfen, wie er sagt. Am liebsten hätte er eine Diktatur gehabt wie unter den Faschisten, »Recht und Ordnung« waren die Worte, die er seinen Kindern einprägte. Er hielt alle, die anders dachten, für halbe Verbrecher. Seine größte Befriedigung war es, wieder einmal ein Verbrechen mit aufgespürt zu haben, besonders wenn Jugendliche dabei beteiligt waren. Je länger die Strafzeit, um so besser, sagte er, und er hätte gern gesehen, daß man die Todesstrafe wieder eingeführt hätte.

»Eines Tages«, so erzählte der Hirt (ich nehme das Gespräch auf Tonband, er hat nichts dagegen), »eines Tages bin ich auf einer militärischen Übung im Gebirg, hier oben, es war Nacht. Wir hatten ein Zeltlager, ich mußte Wache schieben, ich ging so hin und her, das Gewehr geladen, denn es gab da nicht nur Wölfe, sondern auch bewaffnete Diebesbanden. Wie ich da so hin und her gehe, sehe ich eine Gestalt, es ist niemand von uns, ich lasse sie auf Hörweite herankommen, dann rufe ich ›Halt‹, aber der Mensch geht einfach weiter, und zwar direkt auf mich zu. Ich bilde mir ein, er hat was in der Hand, es konnte ein Revolver sein. Ich sage wieder ›Halt‹ Aber er geht näher und näher, ich gebe einen Schuß ab, in die Luft natürlich, einen Schreckschuß, aber der sonderbare Mensch erschrickt nicht, er kommt noch näher, bis er nah bei mir ist. Ich sage: ›Mensch, bist du verrückt, hier ist militärisches Gelände, Betreten verboten. Ich kann dich einsperren las-

sen oder auch erschießen.‹ Ich schaue ihn an, er ist kleiner und schwächer als ich, ich denke, mit dir werd ich auch ohne einen Schuß fertig, dich setz ich matt, ehe du es merkst. Ich komme aber nicht dazu. Der Mensch sagt seelenruhig: ›Bruder, leg deine Waffe weg! Laß sie liegen und komm mit!‹ Ich sage: ›Du bist komplett verrückt, ich bin Soldat, habe einen Waffeneid abgelegt und werde eingesperrt, wenn ich desertiere.‹ Der Mensch sagt: ›Was für einen Eid hast du geschworen? Menschen zu töten, wenn Menschen es dir befehlen! Hast du nicht einen andern Eid geschworen, der viel stärker bindet? Bist du getauft? Ich befehle dir im Namen dessen, auf den du getauft bist, die Waffe niederzulegen. Gott ist ein Gott der Lebenden und der Liebenden, jetzt komm!‹ Und was meinen Sie: ich legte Gewehr und Patronengürtel auf die Erde und ging mit! Ich, ein Deserteur, wenn das mein Vater erfährt, und jetzt komme ich ins Gefängnis, und alles ist aus. Aber das dachte ich nur so leichthin. In Wirklichkeit war mir so wohl, ich kann's Ihnen gar nicht beschreiben. Wir gingen und gingen, und dann kamen wir zu einem Brunnen, da sagte der Fremde: ›Wasch dich, wasch deine ganze Vergangenheit von dir ab, jetzt fängst du an zu leben als Kind Gottes.‹ Ich wusch mich also, und dann sagte ich: ›Ja, aber man wird mich suchen und vors Gericht bringen, was dann?‹ Er sagte: ›Das laß meine Sorge sein.‹ Der sonderbare Mensch heißt Franz, er hat eine Kommune gegründet, ich ging mit ihm und kam in die Kommune, und kein Mensch hat sich mehr um mich gekümmert, das heißt der Franz hat die Sache in Ordnung gebracht, weiß Gott wie, er kann so etwas. Haben Sie je von diesem Franz gehört?«
»Ist das der, den sie den Hexer nennen?«
Er lacht nur.
»Ist er keiner? Wie hat er dann das gemacht, daß Sie einfach mitgingen? War da nicht so was wie Hexerei dabei, mit einem modernen Wort gesagt: Gehirnwäsche?«

Der Hirt schaut mich fassungslos an. »Der Franz? Aber was denken Sie von ihm?«

»Also lassen wir das. Ihr hängt wohl alle sehr an ihm?«

»Hängen? Das mag der Franz nicht leiden.«

»Aber ihr tut, was er will.«

»Nein, nein. Keiner braucht ihm zu gehorchen, schon deshalb nicht, weil er nie was befiehlt. Er läßt jeden tun, was er will, natürlich besprechen wir alles mit ihm, aber er fragt dann höchstens: ›Meinst du, daß es gut ist, was du vorschlägst? Denkst du dabei an dich oder an die andern?‹ Und dann weiß man, was man tun muß.«

»Er ist euer Leitbild also.«

»Ja und nein. Wir messen uns an ihm, das wohl. Zum Beispiel: man hat Hunger und ist dabei, seine Portion zu verschlingen, und da sieht man, daß Franz nur ein Stück Brot ißt und seine Portion einem hinschiebt, der noch größeren Hunger hat. Oder wenn man einmal wild ist auf Mädchen und man meint, man hält's nicht mehr aus, dann fällt einem ein, daß Franz ja auch ein junger Mann ist und daß drüben in der Kommune der Frauen sein Mädchen lebt, die Klara, und er nie allein mit ihr ist und sie nicht anrührt, und schon ist man wieder beruhigt, meistens wenigstens. Wir sind ja alle keine Engel. Es ist nur so, daß Franz einem zeigt, wie man inmitten einer ganz dunklen Welt in einer andern leben kann, wo Essen und Trinken und andere Vergnügungen keine sind im Vergleich zu andern Freuden.«

»Nämlich?«

»Also, das kann ich Ihnen nicht sagen. Da würden Sie mich nicht verstehen, Sie würden mich nur auslachen.«

»Versuchen Sie doch, es zu erklären, ich lache schon nicht, mich wundert allmählich nichts mehr.«

»Also: eines Tages nahm Franz mich mit auf einen seiner Bittgänge. Wir hatten nämlich einen großen Ölgarten entdeckt, der einem Kloster gehört, in dem es kaum mehr

Mönche gibt. Der Ölgarten war ganz verwahrlost, die Oliven lagen auf dem Boden, vertrocknet. Franz wollte den Prior des Klosters bitten, uns den Ölgarten zu überlassen, wir wollten ihn wiederherstellen und dann von der Ölernte die Hälfte dem Kloster abliefern. Wir machten uns also auf den Weg. Nun muß ich zuvor sagen, daß wir lange Haare hatten und lange Bärte und daß unsre Kleider nicht die besten waren, man nannte uns damals die Waldmenschen. Also: wir klopften an der Pforte, der Bruder Pförtner macht das Guckfenster auf, sieht uns und schlägt es wieder zu. Franz ruft: ›Bruder Pförtner, wir sind keine Räuber, ich bin Franz Bernardone und bitte dich, mich beim Prior anzumelden, ich mache ihm ein Angebot.‹ Da sagt der Pfortenbruder: ›Wartet nur, ich bring euch die Antwort.‹ Und dann geht die Tür auf, und er schüttet einen Eimer voll Schmutzwasser auf uns. Aber er konnte gar nicht so schnell die Tür wieder zumachen, wie ich flink war. Ich stellte den Fuß zwischen Tür und Schwelle, packte den Burschen am Arm und war schon dabei, ihm diesen Arm ganz schön zu verdrehen. Aber da zog mich Franz zurück, er ist viel schwächer als ich, aber er hatte die Kraft, mich festzuhalten und mit der andern Hand den Pförtner zu befreien. Dann sagt er zu mir: ›Und jetzt bitte um Verzeihung!‹ – ›Was‹, sage ich, ›das auch noch, das tu ich nicht, dieser Mensch, der ein Mönch sein will, hat uns wie Hunde behandelt.‹– ›Still‹, sagt Franz, ›der Bruder tut nur seinen Dienst, er hat uns für Landstreicher und Diebe gehalten, er will sein Kloster verteidigen, er hat es gewaltlos getan, du aber hast Gewalt gebraucht, wer also ist der Schuldige?‹ Ich sage also zwischen den Zähnen eine Entschuldigung, aber Franz läßt das nicht gelten, er sagt: ›Nicht so, nicht so, schau den an dabei, den du angegriffen hast!‹ Und ich muß also diesen Pförtner offenen Auges und mit sanfter Stimme um Verzeihung bitten. Ich tat es ungern, das muß ich sagen, und mein Herz war voller

Wut. Und dann tat dieser Bruder noch etwas, das mich vollends in Wut brachte: er schlug die Tür zu, so daß mein Mantel eingeklemmt blieb, und er öffnete nicht mehr, ich mußte also ziehen, und dabei zerriß der Mantel. Da fluchte ich. Aber Franz legte seinen Arm um mich und sagte: ›Du hast die schöne Gelegenheit zur Freude ungenutzt vorbeigehen lassen.‹ – ›Hör mir auf‹, sagte ich, ›du gehst mir auf die Nerven.‹ – ›Ich weiß‹, sagte er, ›aber du weißt auch, daß du nicht wirklich so bist, wie du dich jetzt benommen hast.‹ Ich aber war bockig und redete nicht mit ihm. Er sagte: ›Schau, du fühlst dich beleidigt, das bedeutet, daß du an dir hängst, du bist nicht frei, du denkst Aug um Aug, Zahn um Zahn, und du willst Rache, und also schmiedest du einen neuen eisernen Ring an die Kette, an der die Menschen liegen, so daß sie nicht auffliegen können.‹ Da kehrte ich um und sagte an der Klosterpforte: ›Vergib, Bruder Pförtner!‹ Da wurde es mir ganz leicht wie einem Vogel.«

(Damit ist das Band zu Ende, das weitere Gespräch zwischen dem Hirten und mir ist nicht mehr drauf.)

Ich sage: »Nun ja, das ist nicht jedermanns Geschmack, ich bin zu männlich für solche Demutsgebärden.«

Er sagt: »Ist es männlicher, zurückzuschlagen oder Frieden anzubieten?«

»Ich weiß nicht. Ich würde zurückschlagen, oder wenn ich's nicht täte, doch auf keinen Fall mich entschuldigen bei so einem Lümmel.«

Der Hirt sagt: »Franz hat sogar einem Wolf beigebracht, Frieden zu halten.«

Ich lache und sage nicht, was ich gern gesagt hätte: Hören Sie auf, mir können Sie sowas nicht vorsetzen. Ich schaue ihn nur an, und er sagt: Sie denken natürlich, wir machen uns da so Legenden zurecht. Aber die Sache ist wirklich geschehen. Hier gibt es Wölfe. Einer hat mir Nacht für Nacht ein Schaf weggeholt, als wären sie alle nur für ihn da. Ich war ganz verzweifelt, und ich sagte es Franz. Er sagte: ›Die nächste Nachtwache halte ich.‹ Er nahm nicht einmal einen Prügel mit. Nun, und am Morgen bringt er den Wolf daher an einem Strick, und das Tier geht neben ihm wie ein Hund. Gott sei Dank hat ihn Franz dann in einen Pferch gesperrt. Den Wolf haben wir noch, er ist alt und zahm. Mit dem also hat der Franz, sagt er, einen Friedensvertrag geschlossen: er sollte kein Lamm mehr reißen, und dafür bekäme er sein Leben lang Nahrung von uns.«

»Der Hexer«, sage ich.

»Nein«, sagt der Hirte, »es ist nur so, daß ein Mensch Macht über die Natur hat, wenn er ganz frei von Bösem ist.«

»Sagen die Hindus und die Buddhisten auch«, sagte ich.

»Also glauben Sie daran?« fragte der Hirt.

»Ich weiß nicht, ich muß jetzt gehen.«

Ich mußte nicht gehen, aber ich hatte es plötzlich satt, über solche Sachen zu reden, ich sehnte mich nach meinem Büro in Rom, nach den vernünftigen Kollegen, nach einer gewohnten Welt. Diese andere werde ich nie verstehen. Wäre nicht noch der Anwalt, den ich sprechen möchte, würde ich sofort abfahren. Verdammtes Bergnest.

3. September

Das nenne ich eine reiche Ernte. Dieser Anwalt hat alles Material, das ich mir nur wünschen kann. Er hat Protokolle von Gesprächen, zum Teil auf Band, und er hat Fotos und einen Film, den er selbst gedreht hat. Ich kann alles sehen und hören, denn der Prozeß findet nicht statt, die Klage ist abgewiesen, das Material ist frei. Natürlich war der Anwalt zuerst abweisend. Er ist, wie viele Leute, mißtrauisch gegen Journalisten, die sich einbilden, eine Sache zu verstehen, wenn sie einmal die Nase hineingesteckt haben. Eigentlich bin ich ja auch so einer, aber offenbar machte ich dem Anwalt einen halbwegs guten Eindruck. Er sieht aus wie ein nüchterner Jurist, sehr interessiert an der Reform des Strafrechts, besonnen abwägend, und dabei ein Mann mitHerz, besonders für die Jugend. Er sagte: »Ich bin nicht für Neues nur darum, weil es neu ist, und ich halte nicht alles Alte für schlecht, aber ich liebe neue Einfälle und junge Leute, die neue Modelle des Zusammenlebens proben. Sonderbar, daß die meisten Leute solche Angst vor Veränderungen haben. Dabei stehen sie ja schon in unwiderruflicherVeränderung, körperlich und seelisch, jeder für sich und alle zusammen. Und wäre diese Veränderung nicht, so wäre kein Leben mehr. Daß das so schwer zu verstehen ist? Franz hat es begriffen. Der hat sich in den Strom geworfen, und der Strom trägt ihn.«

Ich frage den Anwalt, ob also ein politisches Motiv, nämlich diese Angst vor Veränderung, Anlaß zu dem Prozeß war, mit anderen Worten: die Angst vor einem radikalen Linksrutsch.

»So kann man es sehen, und irgendwie stimmt es, aber es ist nur ein Wort für ein anderes, für eine viel tiefere Veränderung unserer Gesellschaft. Das wissen die Leute nur noch nicht, dafür haben sie kein Wort. Sie könnten es aber wissen, läsen sie ein gewisses altes Buch, auf das sie sogar bei Gericht noch schwören, als glaubten sie wirklich daran, was da steht.«

»Die Bibel?«

»Das Evangelium.«

»Sind Sie... darf ich das fragen?... Sind Sie denn gläubig?«

»Sie nicht?«

»Woran gläubig? Aber verzeihen Sie meine Frage.«

»Kommen wir zur Sache. Ich gebe Ihnen ein Protokoll von meinem Gespräch mit einem fünfzehnjährigen Schüler aus unserer Stadt, der, ohne es zu wollen und zu wissen, Anlaß zu der Klage gegen Franz war. Lesen Sie!«

Fünf Monate warst du fort. Kannst du genau beschreiben, wie der Ort aussah, an dem du warst?
»Nein, es war dunkel.«
Aber doch nicht immer?
»Immer, ich war in einem Keller.«
Bist du geschlagen worden?
»Nie.«
Hast du gehungert?
»Ja, ich habe Buße getan.«
Wofür?
»Sie haben gesagt, ich bin in den Händen des Teufels gewesen wie die meisten Leute hier, und ich muß mich reinigen.«
Mit Fasten? Womit noch?
»Mit Beten und immer Schweigen.«
Fünf Monate lang?
»Sie sind oft an meine Tür gekommen und haben geredet und gesungen, immer das gleiche vom Teufel und von der Buße.«
Wie bist du denn überhaupt dorthin gekommen?
»Zwei Männer haben mich mitgenommen.«
Aber hör einmal: du bist doch alt genug, um nicht mit irgend jemand zu gehen, den du nicht kennst!
»Ich weiß nicht.«
Was?
»Warum ich mitgegangen bin.«
Und wohin seid ihr gegangen?
»Das weiß ich nicht, es war sehr weit, Tage und Nächte.«
Warst du oben im Gebirge?
»Es war kein Gebirge, man hat das Meer gesehen.«
Warst du freiwillig dort?

»Ich weiß nicht.«

Wie kam es denn, daß du fortgehen konntest?

»Ich habe auf einmal geschrien, immerzu, Tag und Nacht.«

Warum?

»Ich habe Teufel gesehen. Da haben sie mich dann fortgeschickt, und ich bin lang gegangen, bis ich heimgefunden habe. Ich habe nicht einmal mehr gewußt, wo ich daheim bin und wie ich heiß. Ich kann mich an nichts anderes mehr erinnern. Ich kann auch nicht mehr lesen und schreiben.«

Das kommt schon wieder.

»Und? Genügt das, um Franz zu verdächtigen?« fragte ich den Anwalt.

»Man hat natürlich gesagt, der Junge sei in einer Kommune des Franz gewesen und sei dort einer Gehirnwäsche unterzogen worden. Einige Zeit später hatte er sein Gedächtnis wieder, und er wußte, daß einer der Männer Adriano hieß. Da fiel mir ein, daß es jener Adriano sein müsse, der einmal bei Franz war, aber nicht bei ihm blieb. Franz schickte ihn fort. Vermutlich war er ihm zu fanatisch. Dieser Adriano gründete in der Nähe von Ravenna eine eigene Kommune und lehrte die jungen Leute das, was er ›Selbstfindung‹ nannte. Das Wort wirkte wie ein Magnet. Die Praxis war so: die jungen Leute mußten erst einmal ihre ganze Vergangenheit vergessen, sie wurden also einer Gehirnwäsche unterzogen. Sie mußten werden wie neugeborene Kinder. Dann erst, so sagte er, könne die Gnade Gottes in ihnen wirksam werden. Er ließ die Leute fasten und schweigen, bis sie ganz apathisch waren. Dann begann die Dauerberieselung mit frommen Parolen. Das nannte er: Wiedertaufe durch den Heiligen Geist. Ein schreckliches Mißverständnis dessen, was Franz will und tut. Bei ihm gibt es derlei nicht, bei ihm wird gearbeitet und gebetet. Gefastet wird, wenn nichts zu essen da ist, weil man es noch Ärmeren geschenkt hat. Einmal kam ein junger Mensch zu Franz und sagte, er sei zu allem bereit. ›Wozu?‹ hat Franz gefragt. Der junge Mensch sagte: ›Zu allen Opfern, zu allem Fasten, allen Arten von Bußübungen; er wolle um jeden Preis Gott finden.‹ Franz gab ihm einen Eimer und einen Schrubber und sagte: ›Putz den Boden.‹ Der andre tat es. Als er fertig war, sagte Franz: ›Jetzt putz den Boden.‹ Der andre war erstaunt, tat es aber. Als er fertig war, sagte Franz: ›Jetzt putz den Boden.‹ Schließlich sagte der junge Mann: ›Ich bin gekommen, um Gott zu finden, nicht um zu putzen.‹ Da sagte Franz: ›Hast du denn Gott nicht gefunden? Ich finde ihn immer beim Putzen. Putz doch noch mal!‹ Aber der junge Mann mochte nicht mehr und ging. Franz sagte zu den andern: ›Der sucht Gott hier und dort und an allen Orten und findet ihn nicht, und er hätte ihn hier beim Putzen finden können‹.«

Ich muß lachen. Der Anwalt sagt: »Warum lachen Sie? Das ist doch wahr!«

»Ja, ja«, sage ich und denke: Den Guten hat's auch ganz schön erwischt, den hat der Franz auch verhext. Ich sage: »Aber die Sache mit der Selbstfindung, die ist doch richtig, oder nicht? So viele junge Menschen leiden darunter, daß sie nicht wissen, wie sie sind und was sie tun sollen. Sind nicht alle auf der Suche danach?«

»Ach was«, sagt der Anwalt, »mit lauter Selbstsuche verlieren sie sich ganz. Franz sagt: ›Man findet sich, indem man sich verliert‹.«

»Ein Rätselwort, scheint mir.«

»Es ist nur ein anderes Wort für Liebe.«

(Ich denke: sonderbar, daß ein normaler Mann wie dieser Anwalt ganz ungeniert solche Worte gebraucht. Ich hätte da Hemmungen.)

»Dottore, wie ist denn dieser Franz eigentlich?«

»Das ist nicht mit drei Worten zu sagen. Haben Sie je einen Menschen gekannt, den man auf eine einfache Formel bringen könnte? Und haben Sie je einen bedeutenden Menschen gekannt, der einfach gewesen wäre? Und kann ein unbedeutender Mensch einen bedeutenden, einen außerordentlichen, verstehen und beurteilen?«

»Versuchen Sie, ihn zu schildern.«

»Er tritt bescheiden auf, aber wenn er auftritt, ist er da, er bringt seine Atmosphäre mit, seine Ausstrahlung. Er füllt den Raum mit Wärme, er füllt mit seiner Gegenwart auch einen großen Raum, obwohl er eher klein und schmächtig ist. Von weitem kann man ihn für einen Schafhirten halten, in der Nähe scheint er ein Herr mit Autorität, die er aber nicht will und nicht ausübt, er hat sie nur. Er ist witzig und lacht gern, er kann sehr gut singen, er spielt Gitarre, ist ein Dichter, und er kann plötzlich außer Rand und Band geraten, wenn irgendeine Begeisterung über ihn kommt. Dann kann er den Nächstbesten umarmen und verlangen, daß er mit ihm tanze, oder er umarmt einen Baum oder die Luft und singt: ›Gelobt seist du, Herr, für dieses dein Geschöpf.‹ Manchmal ist er ganz verrückt. Einmal, mitten in einem Gespräch mit mir, nahm er das Lineal und einen Bleistift, tat als spiele er Geige und tanzte dazu, und ich sollte mittanzen, ich sagte: ›Ich höre keine Musik, wie soll ich tanzen.‹ Da war er ganz enttäuscht von mir und konnte nicht glauben, daß er seine Musik nicht höre. Ich weiß bis heute nicht, ob er mich zum Narren hielt oder ob er die Musik wirklich hörte. Dieses verrückte Tanzen kommt oft über ihn.«

»Nennt man das nicht Veitstanz, so eine Art Epilepsie?«

»Aber nein, was denken Sie. Epilepsie ist ein Krampf und häßlich anzusehen, Franz aber tanzt schön!«

»Ich habe gehört, er sei von einem Psychiater untersucht worden.«

»Das war einmal vorgeschlagen worden, aber man hat Abstand davon genommen.«

»Wie steht es denn mit seiner Intelligenz? Er hat wenig Schulbildung, habe ich gehört.«

»Sie setzen Schulbildung mit echter Bildung gleich?«

»Nicht gerade. Aber Franz hat etwas gegen die Wissenschaft.«

»Spricht das gegen seine Intelligenz? Aber so einfach ist auch das nicht. Bisweilen setzt er Theologen und Philosophen in Erstaunen mit seinem Wissen. Meist verbirgt er es und gibt sich wie ein Kind. Aber es gibt auch Zeiten, in denen seine Gefährten ihn fürchten: wenn er betet.«

»Wieso denn das?«

»Er betet oft stundenlang, ja tagelang, und dann muß er das Aussehen eines Erzengels haben. Sie erzählen, daß dann ein Licht um ihn ist und man sich ihm nicht nähern kann.«

»Nicht kann?«

»Warum schauen Sie mich so an?«

»Ja, glauben Sie denn so etwas?«

»Ich glaube noch viel mehr und weiß noch viel mehr. Aber das ist nichts für Sie. Kehren wir zu den einfacheren Tatsachen zurück. Ich spiele Ihnen ein Band vor, es ist ein Gespräch zwischen mir und einem engen Freund von Franz. Sie können ruhig mitstenografieren.«

»Leone, erinnerst du dich an die Sache, die man eine Unterschlagung genannt hat?«

»Natürlich. Als wär's gestern gewesen und nicht vor zwölf Jahren.«

»Hatte Franz vorher die Absicht, das Geld nicht zurückzubringen?«

»Das weiß ich nicht. Er hat auch nichts davon gesagt, daß er sein Auto verkaufen wollte. Er hatte ja oft solche plötzlichen Einfälle und führte sie dann auch sofort wirklich aus. Der Autoverkauf ging so schnell vor sich, daß ich's gar nicht richtig mitbekam. Er redete mit einem Mann,

dann sagte er: ›Leone, ich habe meinen Wagen verkauft.‹
Ich dachte, er macht einen Scherz, aber es war so, er hatte
ihn verkauft. Ich sagte: ›Was wird dein Vater sagen, jetzt
schenkt er dir nie mehr ein Auto.‹ Er sagte: ›Du Dummer,
darum hab ich es doch verkauft, weil ich keins mehr will!‹
– ›So‹, sagte ich, ›und jetzt müssen wir den Weg zu Fuß
gehen.‹ – ›Ja‹, sagte er, ›wie schön, frei zu sein!‹ Nun ja, wir
gingen zu Fuß, und auf einmal blieb er stehen, und da geschah etwas. Jetzt weiß ich, was geschah, damals aber
dachte ich: jetzt ist er verrückt geworden.«
»Erzähl das genau, Leone!«
»Ja ja, Geduld. Er blieb stehen, als wäre da ein Hindernis,
über das er nicht käme. Aber es war nichts. Dann schlug er
mit Händen und Füßen auf das ein, was nicht da war. Mir
kam es so vor, als wollte er sich einen Durchgang verschaf-
fen mit Gewalt. Obwohl es ein kalter Tag war, schwitzte
er große Tropfen, und er redete mit jemand, nicht mit mir,
mit jemand Unsichtbarem, er redete Französisch, es hörte
sich an wie ein Streit. Mir wurde angst und bang, ich rief:
›Franz, ich bitte dich, hör auf!‹ Aber er hörte mich nicht.
Ich versuchte ihn zurückzuziehen, aber er hatte plötzlich
eine Bärenkraft, da ließ ich ihn und setzte mich auf den
Boden und dachte: Lieber Gott, laß ihn nicht wahnsinnig
werden, was tu ich nur mit ihm. Aber auf einmal war alles
vorüber, er wischte sich den Schweiß ab, dann sprang er in
die Luft und rief: ›Leone, Leone, ich bin frei!‹ – ›Wovon
bist du frei?‹ fragte ich. ›Frei, frei‹, rief er und tanzte
herum und packte mich bei den Händen, und ich mußte
mit ihm tanzen, bis mir schwindlig war. Dann zeigte er auf
eine halbverfallene Kirche mit einer Klause, in der ein
Priester wohnte, dem sie keinen Pfarrhof bauten, und er
sagte: ›Da bleibe ich.‹ So wie wenn man ein Hotel sieht
und sagt: so, da bleibe ich über Nacht. Ich fragte: ›Was
heißt das: hier bleibe ich?‹ – ›Das heißt‹, sagte er, ›daß ich
nicht mehr heimgehe und auch das Geld nicht in die Stadt

geht, es bleibt bei mir.‹ – ›Aber Franz‹, sagte ich, ›das Geld gehört deinem Vater.‹ – ›Wem gehört es?‹ fragte er. ›Es gehört dem, der es braucht, braucht mein Vater es, nein, aber jener arme Priester braucht es für seine arme Gemeinde, und du geh jetzt heim und halte den Mund und rede mit niemand darüber.‹ – ›Aber‹, sagte ich, ›was willst du denn hier tun?‹ – ›Tun?‹ fragte er, ›muß man immer etwas tun? Ich will arm sein.‹ Ich sagte: ›Schöne Beschäftigung!‹ Er sagte: ›Nun, so will ich was andres tun: ich baue die Kirche wieder auf.‹ Ich mußte lachen: ›Du mit deinen feinen Händen, und du bist doch kein Maurer!‹ Er sagte: ›Ich werde es schon lernen, geh jetzt.‹ – ›Gut‹, sagte ich, ›das tu ich, aber sei sicher, daß dein Vater dich in kurzer Zeit aufstöbern wird, und dann ist der Teufel los‹.«
Damit ist das Band zu Ende.

»Ja«, sagt der Anwalt, »dann war freilich der Teufel los. Der Alte ließ seinen Sohn polizeilich suchen, und zu den Polizisten sagte er: ›Wenn ihr den Franz findet, nehmt ihm das Geld ab und laßt ihn, wo er ist, mag er hingehen, wo er will.‹ Die Polizei hat den Franz natürlich gefunden, aber sie haben ihm kein Geld abgenommen, sie gönnten dem alten Geizhals den Verlust, sie sagten, Franz sei nicht aufzufinden, denn sie selber hatten ihm geraten, ins Gebirge zu gehen. Sie hatten ihn gern. Aber einige Zeit später ließ der Bischof dem Franz sagen, er soll in Gottes Namen kommen, damit sein Vater Ruhe gebe. Und da kam Franz. Und da gab es dann die große Szene im Rathaus. Aber jetzt zeige ich Ihnen etwas anderes. Das geschah ein Jahr später.«
Der Anwalt hatte inzwischen einen Schmalfilm eingelegt, er verdunkelte den Raum und ließ den Film anlaufen. Er sagte, er habe ihn vom Fenster seines Büros aus gedreht, als er einen Tumult hörte und eine Stimme, die »Franz« rief, eine Mädchenstimme.

Man blickt vom ersten Stock auf eine enge Straße hinunter, die ansteigt und bis zum Dom führt. Auf dieser Straße läuft ein Mädchen bergauf. Aus einer Seitenstraße kommen Menschen: zehn, zwanzig, immer mehr. Das Mädchen wirft sich ihnen entgegen, aber es wird beiseite geschoben, man sieht es nicht mehr. (Sie haben es, sagt der Anwalt, einfach zu Boden geworfen im Gedränge.) Ich frage: »Ist es Klara?« – »Nein«, sagt er, »die wäre nie auf die Straße gegangen.« – »Dann«, sage ich, »ist es Paola.« Der Anwalt sagt: »Sie sind ja schon recht gut informiert.«

Jetzt sieht man nur mehr offene Münder und erhobene Arme, einzelne Fäuste auch, aber ich weiß nicht, wem sie drohen. Und nun erscheint im Vordergrund ein einzelner Mann, der dem Zug entgegenläuft wie vorher das Mädchen. Er sieht gespenstisch aus, denn sein weiter offener Mantel flattert hinter ihm her. Jetzt stößt er mit der Spitze des Zuges zusammen. Man macht dem Manne Platz, es entsteht ein freier Raum, und nun sieht man einen jungen Mann, es muß Franz sein (der Anwalt bestätigt es). Der Alte ist der Vater. Jetzt stehen sich beide gegenüber. Der Film scheint stillzustehen, wie abgerissen. »Aber«, sagt der Anwalt, »es ist die Szene selbst, die erstarrt ist, niemand rührt sich.« Plötzlich aber holt der Alte weit aus und schlägt Franz ins Gesicht. Franz nimmt den Schlag reglos entgegen. Durch die Menge geht eine Bewegung, als führe ein Windstoß über ein Kornfeld. Jetzt packt der Alte den Sohn am Arm und zerrt ihn vorwärts, der Kamera entgegen. Der ganze Zug drängt nach. Der Alte hat ein böses Gesicht, es ist von Wut verzerrt. Franz geht nicht wie ein Geschlagener und Gedemütigter, sondern wie ein siegreicher Kämpfer. Ein merkwürdiges Gesicht: schön nicht (da hat Paola recht), aber faszinierend. Die Augen – ja gibt es das denn? – die sind zugleich sanft und leidenschaftlich, das ganze Gesicht ist zugleich weich und energisch, fast eigensinnig. Ein junges Gesicht, der Bart versteckt den Mund, es ist das Gesicht eines Menschen, der mehr erlebt hat, als seine Jahre vermuten lassen. Doch ist es fast heiter, beinahe freudig, so als sei es ihm recht, was da mit ihm getan wird. Er schützt sich nicht einmal gegen die Tomaten, Eier oder Steine ab, die man nach ihm wirft. Es ist mir nicht ganz klar, ob diese Würfe nicht eigentlich dem Alten gelten und den Jungen nur aus Versehen treffen. Jetzt sehe ich, daß unter den Dingen, die da geworfen werden, auch Blumen sind. Die gelten sicher nicht dem Alten. Es flattert auch ein Tüchlein von einem Balkon herunter, und Franz fängt es auf. Der Alte merkt von alldem nichts. Er zerrt Franz hinter sich her wie ein Kalb, bis er vor einem Haus haltmacht, eine Kellertür öffnet und Franz hineinstößt. Dann schiebt er einen Balken vor und sperrt mit Kette und Schloß ab. Ehe er selber weggehen kann, kommt aus einer Seitengasse ein andrer Zug. Es sind nur Jugendliche, sie gehen offenbar völlig schweigend und sehr langsam, und sie tragen Tafeln mit Inschriften, einige davon kann ich lesen:

Besitz versklavt

Geld schafft Habgier, Neid, Haß, Mord

Für Geld verkauft man seine Seele

Geld: Ursache aller Kriege

Geld: Erfindung des Teufels

Der Zug schiebt sich langsam dem Hause zu, wo der Alte immer noch vor der verriegelten Kellertür lehnt, wie hingebannt. Die Jugendlichen rücken wie ein Heer gegen ihn vor. Jetzt haben sie ihn erreicht, alle stehen still. Was wird geschehen? Der Alte hält es nicht mehr aus, er dreht sich um und läuft weg. Niemand verfolgt ihn. Die jungen Leute versuchen, Schloß und Kette zu lösen, aber vergeblich. Nun setzen sie sich auf den Boden. Man sieht, daß sie etwas im Chor sprechen. Plötzlich horchen sie auf, einige legen ihr Ohr an die Tür.

(Der Anwalt sagt: »Sie hören, daß Franz geschlagen wird. Der Vater ist durch eine andere Tür in den Keller gelangt.«)

Jetzt springen alle jungen Leute auf und hämmern gegen die Kellertür.

(Der Anwalt sagt: »Sie schreien ›Mörder, Kindsmörder!‹«)

Jetzt kommt die Polizei, sie verhandelt mit den Jugendlichen, dann ziehen die Polizisten wieder ab. Es sieht eher so aus, als schlichen sie hinweg, als wollten sie mit der Sache nichts zu tun haben. Plötzlich scheinen die jungen Leute wieder etwas zu hören aus dem Keller, sie stehen ganz still, dann entfernen sie sich langsam. Der Film ist zu Ende.

»Was war denn da jetzt?« frage ich.

Der Anwalt sagt: »Franz hat zu ihnen gesprochen, er sagte, sie sollten keine Revolte machen seinetwegen, sie sollten keine Gewalt anwenden, ihn zu befreien, es gehe ihm sehr gut. Und dann hat er gesungen.«

»Sonderbarer Mensch. Und wie lang hat ihn der Alte gefangengehalten?«

»Wie lange er ihn gefangenhalten wollte, weiß ich nicht. Aber Franz wurde befreit, und zwar von seiner Mutter.«

»Natürlich.«

»Der Alte ging auf Geschäftsreise, da mußte er ihr wohl oder übel den Kellerschlüssel geben, verhungern konnte er Franz ja doch nicht lassen. Er war aber sicher, daß seine Frau gehorchen würde, wenn er ihr befahl, Franz nicht herauszulassen. Sie gehorchte aber keineswegs. Hören Sie ihren eigenen Bericht. Es ist freilich eine Indiskretion von mir, wenn ich Ihnen das Band vorspiele, sie wußte nämlich selbst nicht, daß ich den Bericht aufnahm, aber ich dachte, ihn in einer Anklage gegen den Vater brauchen zu können. Dazu kam es aber nie. Also hören Sie.«

»Ich habe alles mit angesehen, aber was konnte ich tun, sollte ich auf die Straße laufen und eine Szene machen? Meine Art ist es, zu warten. Nachts ging ich in den Keller, die Tür war verschlossen. Ich hörte Franz singen. ›Franz‹, sagte ich, ›ich bin's.‹ – ›Arme Mutter‹, sagte er. Ich sagte: ›Armes Kind.‹ Da lachte er. Ich sagte: ›Ich kann dich nicht herauslassen, ich habe den Schlüssel nicht, aber versuch doch, durchs Fenster zu steigen, das Gitter kannst du herausheben, dann bist du im Garten, dann helf ich dir weiter.‹ Er sagte: ›Ich kann nicht ans Fenster kommen, ich bin gebunden.‹ Ich sagte: ›Dann komme ich durchs Fenster und befreie dich.‹ Er sagte: ›Das Fenster ist groß genug für eine Katze, nicht für dich.‹ Ich sagte: ›Kannst du es drei Tage aushalten? Dann verreist er, und da muß er mir die Schlüssel geben.‹ Er sagte: ›Drei Tage oder drei Wochen, mir geht's gut, ich habe Wasser und Brot, sorg dich nicht.‹ Zum Glück mußte er, mein Mann, am nächsten Tag schon reisen, er gab mir die Schlüssel und sagte: ›Wehe, wenn du ihn herausläßt!‹ Natürlich, kaum war er fort, ging ich zu Franz. Er war wirklich mit einem Strick gebunden, die Füße waren ihm zusammengebunden, und der Strick war an einen eisernen Ring in der Wand geknotet.«
(Pause, es scheint, als weinte sie.) »Ich schnitt den Strick durch. Die Füße waren geschwollen.« (Wieder Pause.) »Ich sagte: ›Mein armes Kind!‹ Er sagte: ›Arme Mutter! Was für einen Sohn hast du geboren! Aber vergiß nicht, daß es deine Milch war, die ich getrunken habe, und daß es dein Geist war, der mich erzogen hat. Ich bin nicht arm, du ahnst nicht, was ich erlebt habe in diesen zwei Tagen! Ich habe erfahren, wie es ist, gefangen zu sein. Ich war gefangen mit allen Gefangenen, ich habe gehungert mit allen Hungernden.‹ Er hatte das Brot nämlich, das ihm

mein Mann hingestellt hatte, nicht gegessen. ›Aber‹, sagte er, ›zwei Tage genügen nicht, laß mich hier, laß es mich zu Ende führen.‹ Ich sagte: ›Und ich soll das mit ansehen? Kannst du mir das antun? Ich bitte dich, Franz, geh fort, du und dein Vater, ihr könnt nicht zusammenleben, es führt zu nichts Gutem, du hast anderes zu tun, als hier zu leiden unter einem Tyrannen, also geh!‹ Aber Franz ist stolz. Er sagte: ›Ich soll fliehen? Und was würde er mit dir tun, ließest du mich frei? Nein, ich bleibe.‹ Ich sagte: ›Wirst du mir nicht gehorchen, mir?‹ Er sagte: ›Was also soll ich tun?‹ Ich sagte: ›Geh deinen Weg!‹ Er sagte: ›Aber welchen?‹ Ich sagte: ›Geh ihn, und du wirst ihn kennen.‹ Ich wollte ihm Geld mitgeben, aber er sagte: ›Mutter, du willst, daß ich meinen Weg gehe und dazu Geld mitnehme, kennst du mich denn nicht?‹ Ich sagte: ›So geh mit Gott und ohne Geld.‹ (Lange Pause.) Dann ging er fort.«

Das Band ist zu Ende, der Anwalt legt ein neues ein, er sagt nichts dazu, das Band läuft.
(Schrille Männerstimme) »Da bist du ja, schön siehst du aus, verdreckt außen und verkommen innen, wo ist das Geld, her damit!«
(Ruhige, höfliche Männerstimme)
»Franz, halte den Beutel nicht so fest, als wolltest du ihn behalten... Nein, nicht mir, ich rühre unrecht erworbenes Gut nicht an.«
(Schrille Stimme)
»Jawohl, unrecht erworben, gestohlen, dem eigenen Vater unterschlagen!«
(Ruhige Stimme)
»So meinte ich es nicht.«
(Schrille Stimme)
»Wie denn? Habe ich es vielleicht gestohlen? Ich habe mein Leben lang hart gearbeitet.«
(Vielstimmiges Gelächter)

(Schrille Stimme)

»Jawohl, ehrlich gearbeitet.«

(Wieder Gelächter)

(Ruhige Stimme)

»Jeder Kaufmann lebt davon, daß er Gewinn macht. Wer dabei rasch reich wird, zeigt, daß er zuviel Gewinn macht. Ob das recht oder unrecht ist, das zu beurteilen überlasse ich Ihrem Gewissen, Signor Bernardone.«

(Schrille Stimme, noch schriller)

»Excellenz, ich muß schon sehr bitten. Aus Ihrem Mund derlei zu hören, sagt viel. Wenn schon Sie so reden, wundert's mich nicht, daß junge Leute es sagen. Das nenne ich alte gute Ordnungen untergraben.«

(Ruhige Stimme)

»Franz, mach der Szene ein Ende, gib ihm das Geld.«

(Pause)

(Schrille Stimme)

»Ist das alles? Wo ist das andere?«

(Ruhige Stimme)

»Franz hat es verschenkt an die arme Pfarrei San Silvestro.«

(Pause)

(Schrille Stimme)

»So geh, wohin du willst, Taugenichts!«

(Ruhige Stimme)

»Aber Signor Bernardone, es ist Ihr Sohn, mit dem Sie so reden!«

(Junge klare strenge Stimme)

»Sein Sohn nicht mehr. Hiermit gebe ich vor Zeugen alles zurück, was ich von diesem Manne bekommen habe. Mit dem Geld und...« (Pause) »...und mit diesen Kleidern gebe ich ihm seinen Vatertitel zurück und mein ganzes Erbe. Von nun an habe ich keinen andern Vater mehr als den da oben.«

(Gemurmel, dann ist das Band zu Ende)

»Was war denn jetzt?« frage ich.

Der Anwalt sagt: »Franz hat sich ausgezogen, Stück für Stück, bis er splitternackt da stand. Die Leute waren natürlich schockiert, aber niemand beschimpfte Franz. Der Bischof ließ ihm einen Mantel umlegen. Der Vater hatte Geld und Kleider an sich gerissen und zuletzt noch einen Knopf vom Boden aufgehoben.«

»Und dann?«

»Dann ging Franz hinweg.«

»Der Bischof scheint den Franz sehr beschützt zu haben. Mit dem möchte ich reden.«

»Er ist nicht mehr hier, er war der Stadt zu links, sie nannten ihn den ›Roten Bischof‹, er hat sich zu sehr um die Arbeiter und um die Siedlung gekümmert, er wollte sogar ein Haus, das zu seinem Palast gehörte, als Altersheim für Arme einrichten, aber das wurde ihm nicht genehmigt, mit der Zeit hat man ihn mürbe gemacht, und dann hat man ihn nach Rom abberufen an den Vatikan, da ist er kaltgestellt. Ja, so geht das eben.«

»Und Franz, hat man den auch kaltgestellt?«

»Den? Der ist selber ein Feuer. Dieses Feuer auszulöschen ist unmöglich.«

»Was tat er?«

»Er verschwand für Monate. Sein Freund Bernardo suchte und fand ihn im Gebirge, bekleidet mit etwas, das einmal ein Getreidesack gewesen war, gegürtet mit einem Kälberstrick, Haare und Bart lang und verwildert. Er lebte bei armen Bergbauern, die ihn liebten und mit denen er arbeitete. Sie hatten keine Ahnung, wer er war. Sie hielten ihn für einen Gelegenheitsarbeiter, am Anfang wenigstens, sie hielten ihn auch für ein wenig verrückt, aber immerhin brauchbar. Da lernte er Ställe misten, Ziegen hüten, so daß keine von Wölfen gefressen wurde, er lernte auch Kinder hüten und Holz hacken und Dächer ausbessern und Steindämme anlegen und Öl pressen, und er lernte die Leute

kennen, er hatte ja vorher nur die reichen Bürger der Stadt
gekannt, jetzt erfuhr er, wie Arbeiter und Bergbauern leben und was sie denken in ihrem Elend. Und nach und
nach faßten sie Vertrauen in diesen Fremden und gewöhn-
ten sich an ihn. Und da fing er an, mit ihnen über anderes
zu reden als über das Wetter und die Ziegen, und eines
Tages sagte er ihnen, wer er war und warum er von daheim
weggegangen war. Da schien es, als hätte er sich mit einem
Schlag alles verdorben. Sie lachten ihn aus, sie sagten, daß
sie an seiner Stelle augenblicklich heimkehren würden,
denn wozu arm sein, wenn man nicht muß und wenn man
das hat, was sie alle haben wollen, aber leider nicht bekommen? Er sagte ihnen, daß sein reicher Vater mit all seinem
Geld viel unglücklicher sei als sie ohne Geld. Sie meinten,
er verstünde eben nicht zu leben, und sie an seiner Stelle
wüßten schon, sich das Leben schön zu machen. Einer
sagte: ›Was braucht man sich das Leben schön zu machen,
wenn man Geld hat; Geldhaben ist ja schon herrlich, wer
Geld hat, hat die Macht.‹ Franz war ganz verzweifelt darüber, daß die Armen genauso wild auf Geld sind wie die
Reichen. Da ging er fort, und da traf ihn Bernardo, der mir
das alles später erzählte. Ich notierte mir ein Gespräch mit
ihm.«

»Ich traf Franz auf freiem Feld, er saß da und weinte, ja,
wirklich, er weinte. Er sagte: ›Sie hören nicht auf mich, sie
sind alle gleich, die da und die in der Stadt und überall. Ich
werde nicht mehr zu ihnen reden, sie verstehen nichts, ich
mag sie nicht mehr, ich gehe noch höher ins Gebirge, wo
ich keine Menschen mehr sehe, ich bin ihrer Dummheit
müde.‹ Ich ließ ihn reden. Aber auf einmal warf er sich auf
den Boden und sagte: ›Bernardo, strafe mich, ich bitte
dich, schlage mich oder steinige mich, ich habe gesündigt
gegen die Liebe, ich habe Menschen verachtet, ich habe die
Hoffnung für sie aufgegeben. Was für ein großer Sünder

bin ich.‹ Ich sagte: ›Zur Strafe gehst du in jenes Dorf zurück und beginnst von neuem, sie zu lehren, aber dieses Mal fängst du als Bettler an.‹ – ›Gut, gut‹, sagte er und ging, ich ging mit, seither haben wir uns nie mehr getrennt. Wir kamen also als Bettler in das Dorf zurück. Die Leute erkannten ihn natürlich sofort. Einer sagte: ›Aha, treibt dich der Hunger her, Armsein ist also doch nicht lustig, was?‹ Ein andrer sagte: ›Du bist ein Narr, scher dich fort.‹ Andere sagten: ›Schämst du dich nicht, von uns auch noch was zu erbetteln? Geh zu deinem reichen Vater, verrückter Herrensohn!‹ Und so ging es fort. Ich schämte mich und ärgerte mich, aber ich durfte nichts sagen, ich lief mit. Schließlich setzten wir uns hin, und da fing Franz an zu singen. Da kamen zuerst die Kinder wieder, dann die Frauen und zuletzt die jungen Männer, und sie sangen mit.

Ich weiß nicht, wie das kam, und alle waren froh, daß er wieder da war. Und jetzt hörten sie auch schon auf ihn. Einmal, an einem Sonntag, schwärmte ein Bienenvolk aus. Wir saßen gerade alle beisammen in der Sonne und sahen die summende Wolke. Franz sagte: ›Schaut, wie glücklich die Bienen heute sind, sie besitzen gar nichts mehr. Sie nehmen aus ihrem Stock nur ein bißchen Vorrat mit für die nächsten Tage, und weil sie nichts mehr besitzen, fürchten sie keine Honigräuber, sie sind nicht mehr mißtrauisch und greifen nicht an. Seht, ich kann sie anfassen, sie sind sanft und harmlos, sie sind die Selig-Armen.‹ Den Leuten ging das ein, sie begannen ja überhaupt, ihn zu verstehen. Aber nun war ich es, der ein wenig stänkern mußte, ich sagte: ›Ja, aber wohin fliegt der Schwarm, was hat er vor? Nichts anderes, als einen andern Ort zu suchen, von neuem sich für einen Besitz zu plagen, Honig anzusammeln, ihn zu verteidigen und dich zu stechen, da hast du also das Glück der Armut und Freiheit, es dauert nicht, was sagst du jetzt?‹ Franz sagte: ›O Leone, weißt du nicht selbst, daß wir nicht im Himmel leben, sondern auf der Erde, die verdorben ist durch unsre Schuld, und auf der wir nur Erinnerungen finden an das, was sein könnte und einmal sein wird? Aber laß uns einmal überlegen, was uns die Bienen zu sagen haben. Wem gehört der Bienenstock, aus dem der Schwarm kam? Dem Alessio, gut. Nehmen wir an, die Bienen wären Wildbienen und gehörten niemand als sich selber. Würden sie dann nicht arbeiten? Doch, genauso. Für wen arbeiten sie jetzt? Für den Alessio. Für wen arbeiten Wildbienen? Für sich selber. Würden sie hungern und geriete der Stock in Unordnung, wenn er niemand gehörte? Nein. Würden die Wildbienen weniger Wachs und Honig produzieren? Sie würden nur so viel produzieren, wie sie für sich brauchen. Könnten sie denken, würden sie fragen: warum nur arbeiten wir so schrecklich viel? Nur um dem Alessio zu Gewinn zu verhelfen? Warum sollen wir das tun? In Frankreich gab es einen Mann, Waldes hieß er, der gründete eine Kommune, in der viele Menschen zusammen lebten. Sie gründeten eine Weberei, die gehörte allen, der Gewinn gehörte allen, die Buchführung war öffentlich, jeder bekam, was er brauchte. Der Überschuß wurde hergeschenkt, es ging ihnen nicht um Gewinn, sondern um das Zusammenleben in Liebe und Frieden. Und wer regierte? Wer regiert im Bienenstock? Die Königin? O nein, die legt Eier, sie erfüllt ihre Aufgabe, sie regiert nicht. Es gibt auch keine Bienenpolizei und keine Bienengefängnisse, denn jeder tut seine Aufgabe und dient dem Ganzen.‹ So redete Franz zu ihnen und sie fingen an, ihn zu verstehen.«

Damit war die Aufzeichnung zu Ende.
»Interessant«, sage ich. »Der Franz ist nicht dumm. Eigentlich sollte so einer in die Politik gehen. Selbst wenn man seine Ideen nicht so einfach verwirklichen kann, so kann man doch Anregungen daraus gewinnen.«

»Franz und Politik?« sagt der Anwalt. »Wo ist das Land, das auf solche Ideen hört? Aber es ist auch nicht so, als redete er in den Wind. Sehen Sie, zu Franz kommen viele Leute, die nur eine Weile mit ihm leben wollen, um dann wieder in ihre Welt zurückzukehren, aber sie kehren fast alle als Verwandelte zurück und bringen die Ideen des Franz mit. Sie können nicht mehr anders als in seinem Sinne denken. Vermutlich stünde es noch viel schlechter um unsre Erde, gäbe es nicht Leute, die ein wenig von Franz Geist in die Politik brächten.«

Ich sage: »Sie sind ja selber ganz begeistert von diesem Franz!«

Er sagt: »Warum nicht? Ist es nicht großartig, daß in unsrer alten, müden, öden Welt einer aufsteht und eine Idee hat, während alle andern nicht mehr wissen, wozu und wofür sie leben und am liebsten sich umbringen würden vor Langeweile und Hoffnungslosigkeit?«

»Aber«, sage ich, »ehrlich gesagt, verstehe ich immer noch nicht ganz, welche Idee das ist, die der Franz in die Welt bringen will. Können Sie mir das nicht klipp und klar mit einem Wort sagen?«

Der Anwalt seufzt. Wieder einmal bin ich einem Menschen aus dieser Stadt zu dumm, zu begriffsstutzig.

Der Anwalt sagt: »Ich muß jetzt arbeiten, aber ich gebe Ihnen einiges zu lesen. Es sind Briefe von Franz. Meinetwegen können Sie Notizen daraus machen, aber veröffentlichen können Sie Zitate daraus nur mit meiner Genehmigung.«

Der erste Brief:
Sehr geehrter Herr Bürgermeister,
in unserem Stadtgefängnis sind sieben Jugendliche wegen Diebstahls eingesperrt. Diese jungen Menschen stammen aus den ehemaligen »Ställen«. Sie hatten nie das Glück, das Sie und ich hatten: wohlhabende Eltern zu haben, nie zu

hungern, gut gekleidet zu sein, eine gute Schule zu besuchen. Das Leben der Ausgestoßenen hat sie gelehrt, daß es
nur ein Gesetz gebe, welches das Überleben garantiert:
sich zu nehmen, was einem freiwillig nicht gegeben wird.
Es ist nicht die Schuld dieser Kinder, daß sie kriminell
wurden. Ich will überhaupt nicht von Schuld sprechen,
das Leben ist schwierig für uns alle. Ich will aber diese
jungen verbitterten Menschen wieder in die Gemeinschaft
eingliedern. Lassen Sie sie frei, ich übernehme die volle
Verantwortung für sie, ich nehme sie in der Siedlung auf
und biete ihnen dort eine Heimat und lehre sie arbeiten
und den Menschen wieder vertrauen. Bewirken Sie, bitte,
wenigstens eine provisorische Freilassung. Wagen Sie den
Versuch! Auch diese jungen Menschen sind unsere Brüder
in Jesus Christus. Wir werden einst beim Gericht gefragt,
was wir für sie getan haben – außer daß wir sie bestraften
und vom Leben abschnitten und sie erst recht böse machten.

Der zweite Brief ist an einen Signor Aldo gerichtet.
Wenn Sie zu uns kommen wollen, so müssen Sie sich ganz
klar darüber sein, daß Sie alles entbehren werden, was Sie
gewöhnt sind zu besitzen: Ihr Haus, Ihre Angestellten,
Ihre Behaglichkeit, Ihren Titel, Ihre Bücher, Ihre ganze
Gelehrsamkeit. Hier wird hart gearbeitet, und zwar mit
der Hand, nicht mit dem Gehirn. Hier wird kein Buch
geschrieben und außer dem Evangelium auch keines gele-
sen, wir haben kein anderes. Bringen Sie auch keines mit.
Erwarten Sie auch keine Sensationen. Hier gibt es keinen
mysteriösen Weisen oder Heiligen, der Wunder tut, es
gibt keine Unterweisungen in besonderen Praktiken
frommer Erhebungen. Hier wird gebetet auf einfache
Weise. Hier geht es nüchtern zu. Was wir Ihnen bieten,
das ist Freude: Freude über das Zusammenleben im Geiste
der Liebe, Freude über die schöne Erde und den gestirnten

Himmel, Freude über unsere Tiere und Bäume, Freude über unsere Freiheit von der Last des Besitzes. Was Ihnen hier an Erfahrungen mit dem Heiligen Geist zuteil wird, das wird sich zeigen; fragen Sie nicht danach.

Der dritte Brief, ein Zettelchen:
Kleine Paola, ich fürchte, ich war zu hart zu Dir, verzeih, aber Du mußt verstehen: Du könntest mir eine Versuchung werden. Du bist entzückend, aber ich habe mich für eine andere Braut entschieden, Du weißt, wie sie heißt: Armut. Sie erlaubt keinen Besitz, nicht nur keinen Besitz an Geld, sondern auch an jener Freude, die Du wohl geben könntest. Keine Fessel mehr, kleine Paola! Bleib mir dennoch gut. Wenn Du so lebst wie Du leben müßtest hier oben, dann wirst Du mir enger verbunden sein, als lägest Du in meinen Armen! Weine nicht! Freu Dich!

Der vierte Brief ist an den Bischof von Assisi gerichtet, wie mir scheint. Der Anfang fehlt:
…keinen Orden gründen, kein Kloster bauen, keine Schule haben, keine Ordensregeln, keinen Abt oder Prior. Auch Jesus gab den Seinen keine Ordensregel. Er sagte: »Liebt einander, liebt Gott!« Wenn Sie sagen, Jesus habe seiner Kirche eine feste Form gegeben, indem er ihr einen Papst gab, so möchte ich nicht widersprechen. Ich möchte nur sagen, daß Jesus, ehe er das tat, den Petrus fragte: »Liebst du mich?« Dreimal fragte er. Und dann erst sagte er: »Und jetzt weide meine Schafe!« Wer am stärksten liebt, der ist der Demütigste und will am wenigsten Führer sein. Ich selber wäre ganz unfähig, Prior eines Klosters zu sein. Es wäre auch gefährlich für mich, denn ich könnte Geschmack daran gewinnen, zu befehlen. Was durch mich entstand was ist das denn? Nichts als eine kleine Bewegung, ein frischer Frühlingswind, ein Duft von Erstlingsliebe. Wie kann man den Wind einsperren, wie den Geist

der Liebe in Regeln zwingen? Sie meinen, so eine Bewegung ohne feste Form schliefe bald wieder ein oder artet aus in ein Chaos oder zerfiele in Sekten. Ich weiß es nicht, ich überlasse das dem Heiligen Geist. Will er, daß Bewegung Bewegung bliebe, so wird er dafür sorgen. Was nun Ihre Sorge um unsere »radikale« Besitzlosigkeit ist, so kann ich sagen: ich weiß schon, daß wir essen und uns kleiden müssen. Dafür ist Geld da, wir arbeiten ja. Auch wenn einer krank würde, sind Mittel da. Sie sagen, der Kirche sei Eigentum, auch und gerade privates, immer heilig gewesen. Auch uns ist es heilig, aber unser Eigentum ist die ganze Erde, und sie ist das Eigentum aller, wir beuten sie nicht aus, wir bepflanzen und schonen sie, gerade weil sie uns allen gemeinsam gehört. Ich provoziere nicht die Kirche, wie Sie sagen, aber ich bin glücklich, wenn sie sich provoziert fühlt. Ich hoffe aber, daß wir einer Meinung sind in Jesus Christus.

Das nächste Papier ist wieder ein Zettel mit eilig hingeworfener Schrift:
Rufino, Bruder, komm sofort zu uns herauf. Du hast eine Depression, sagt Leone, Du denkst an Selbstmord. Aber Du weißt nicht, woher diese Depression kommt: geradewegs vom Teufel. Im Ernst, Rufino: Schwermut ist eine Versuchung, ihr nachzugeben Sünde. Du bist nicht krank, und kein Psychiater wird Dich heilen. Was du brauchst, ist: eine Umgebung, in der Du geliebt wirst. Komm!

Der nächste Brief ist an einen Bruno Bartolo gerichtet:
Daß Du mich gar nicht verstehst! Welche Verblendung ist über Dich gekommen! So viele Jahre habe ich mich bemüht, Euch einzuhämmern, daß Besitz das größte Hindernis ist auf dem *Weg*, und jetzt kommst Du und wagst es, mir in allem Ernst den Vorschlag zu machen, von diesem *Weg* abzulassen. Hör zu: Ich werde nicht in jenes

Schloß ziehen, ich werde das Geld des Grafen nicht annehmen, ich werde keine »Schule« aufmachen, ich gründe kein Kloster, ich bin arm und bleibe arm, und wer nicht arm bleiben will, der muß gehen. Verstehst Du denn nicht, was dieser Vorschlag eigentlich bedeutet? Man will uns »eingliedern« in die Gesellschaft, um uns unschädlich zu machen. Wir sind Störung und Stachel für alle, die in Behaglichkeit leben wollen. Aber wir *sind* Außenseiter, wir müssen es bleiben, wir *dürfen* uns nicht anpassen, wir müssen das sichtbare Zeichen für den *geistigen Weg* sein. Aus mir spricht nicht Hochmut, sondern Liebe und Sorge um *alle*. Warum vergißt Du das jetzt? Warum willst Du das Feuer mit Asche zudecken, warum unser Licht löschen, warum unser Werk zu einer Modesache machen für Leute, die irgendwelche »geistige Sensationen« erwarten? Nein, nein, nein.

Der letzte Brief:
Meine liebe Schwester Mutter,
hab keine Sorge um mich, auch nicht Klaras wegen. Wir haben selbst gemerkt, daß die Leute über uns reden. Sie können sich ja nicht vorstellen, wie ein Mann und eine Frau sich lieben ohne äußere Zeichen. Auch ich hätte es vor zehn Jahren nicht geglaubt, hätte gespottet. Klara und ich haben dennoch beschlossen, uns nicht mehr allein zu sehen. Nicht als wären wir in Gefahr, unsern *Weg* zu verlieren. Es ist der Leute wegen. Sie sollen kein Ärgernis nehmen. Als ich es Klara vorschlug, uns nicht mehr zu treffen, weinte sie und sagte: ›Aber wann werden wir wieder beisammen sein?‹ Ich sagte: ›Nun, vielleicht, wenn die Rosen blühen.‹ Es war aber Ende Dezember. Plötzlich lachte Klara: sie hatte im Gebüsch einen Strauch entdeckt, der voller Heckenrosen war, die blühten, als wäre es Juni.
Trotz allem habe ich es nötig, mich immer wieder einmal

in meine Berghöhle zurückzuziehen. Was ich dort tue, weißt Du ja. Meist kommen die Tiere zu mir. Der weiße Hase sitzt jeden Morgen vor der Höhle, und ein Falke kommt auch, und natürlich viele Singvögel. Aber oft ist es gar nicht friedlich hier, und ich werde stark versucht. Der Teufel sagt mir sehr vernünftige Dinge, er sagt: ›Was willst du eigentlich, Franz? Mit deiner Idee von der vollkommenen Armut, welche vollkommene Freude gibt, lockst du keinen Hund hinterm Ofen vor. Nur die paar Narren folgen dir, so wie sie dir früher in die Bars und zu den Parties gefolgt sind. Aber die Millionen und Milliarden Menschen auf der Erde, die erreichst du nie. Das ist schon einmal einem mißlungen: dem Narren aus Nazareth.

Franz, du bist ein Phantast, ein Schwärmer, ein Dichter, ein begeisterter Dummkopf. Du vergeudest deine Jugend, du opferst die schöne Klara, die dich liebt, mit der du Kinder haben könntest, ihr wäret reich und glücklich. Warum weisest du das alles zurück? Ist es nicht Undankbarkeit gegen den Schöpfer, wenn du seine Geschenke ablehnst wegen deiner verrückten Ideen? Hast du das Recht, andere Menschen in deine Verrücktheiten einzubeziehen? Entfremdest du sie nicht ihren Eltern, ihren Traditionen, ihren Berufen, wirfst du sie nicht in die Unsicherheit? Weißt du denn so sicher, ob dein *Weg* der richtige ist? Du willst kein Privateigentum. Aber die Kirche selbst schützt es! Bist du gescheiter und besser als die in Rom? Oder wirfst du dich gar zum Reformator der Kirche auf? Du bist hochmütig, Franz! Geh heim, sofort, bitte deinen Vater um Verzeihung, arbeite im Geschäft, genieße deinen Reichtum, den rechtmäßig durch Arbeit erworbenen. Heirate Klara, zeuge Kinder. Sei ein guter Bürger deiner Stadt, vergiß deine jugendlichen Träume, werde endlich erwachsen, werde ein Realist, du Träumer, du Narr.‹

Es ist oft schwer zu wissen, ob diese Gedanken nicht doch vernünftig und sogar von Gott geschickt sind, oder ob der

Teufel so redet. Oft spricht diese Stimme eine ganze Nacht hindurch zu mir, und am Morgen bin ich ganz zerschlagen und mürbe und entschlossen zurückzukehren. Aber dann sehe ich die Stadt unten liegen, ein Nest von Gewinnsucht und Neid und Haß und Blindheit, und mir schaudert, teilzuhaben an diesem vergeudeten Leben.

Dann kommt eine große Freude über mich, und ich weiß: ich habe die Freiheit der Kinder Gottes erlangt. Dann kommen alle Tiere zu mir, und ich rede mit ihnen, und auch die Pflanzen hören zu, und ich höre ihre Botschaft. Weißt Du noch, wie Du mich gelehrt hast, auf die Botschaften der Natur zu lauschen? Wir saßen bei San Damiano unter der alten Steineiche, es war ganz still, und Du sagtest: ›Horch, die Eiche spricht!‹ Ich hörte nichts, es war windstill. Ich sagte: ›Ich höre nichts.‹ Du sagtest: ›Du mußt lange ganz still sein, ganz leer in deinem Innern, dann hörst du die Botschaft.‹ Ich saß also still, und auf einmal sprang ich auf und umarmte den Stamm der Eiche. Du sagtest nichts, wir hatten uns verstanden; seither höre ich die tausend Botschaften, die Gott uns sendet durch seine Geschöpfe. Ich bin Eiche und Quelle und Vogel und Wolf, alles ist *eines,* alles ist voll des göttlichen Geistes, und dieser Geist ist *einer.*

Ich möchte Dir noch etwas anderes sagen: Als ich neulich über die Nöte der Menschen nachsann, fühlte ich ein heftiges Mitleid. Es tat mir weh, nicht überall hingehen und helfen zu können, so sehr weh, daß ich es körperlich spürte, an Händen, Füßen und am Herzen. Der Schmerz ist geblieben. Ich bin aber sehr erschrocken, als Leone meine Hände ansah und sagte: ›Was hast du da für rote Flecken, gib acht, daß es keine Wunden werden!‹ Gott sei Dank fragte er nichts weiter, und auch die andern fragen nicht. Sonst aber verläuft unser Leben ruhig. Wir fangen an, ein kleines Krankenhaus zu bauen. Klara und die Ihren machen mir ein wenig Sorge, weil sie allzu arm leben wollen. Sie wollen kein neues Haus, und sei es noch so einfach. Und sie essen so wenig und so einfach, daß ich mich wundere, wie sie so gut aussehen dabei. Sie nähren sich nicht von Brot, sondern von der Freude, befreit zu sein von allen Ketten. Ich nehme sie mir zum Vorbild, sie sind besser als ich.

Bitte, schick uns nichts mehr, wir trinken keinen Wein, schick lieber neue Wolle in die Siedlung. Gib acht, daß sie die Preise niedrig halten und so wenig Gewinn machen wie möglich. Der Teufel der Habsucht lauert überall. Ich hoffe, daß Dich der, welcher Dein Mann ist, nicht zuviel quält.

In Liebe

Dein Franz

Der Anwalt bemerkte, daß ich die Briefe in die Mappe zurücklegte.

»Nun?« fragte er.

»Nun«, sagte ich, »was soll ich sagen, manches ist faszinierend und auch sehr klug, aber dann gibt's da wieder Dinge, die mich abstoßen, diese Sache mit dem Teufel, an den er wirklich glaubt, und die Sache mit den roten Flecken und den Schmerzen, das sind offenbar Stigmata. Es gibt Heilige, die so was haben in Erinnerung an die Wunden Jesu, ich weiß, aber es ist mir doch ein starkes Stück, daß einer behauptet, er habe so etwas am eigenen Leib. Ich meine, dieser Franz hat zwar vernünftige Ideen, aber er übertreibt alles, er fastet vermutlich auch, er hat Hungerdelirien. Auch die Geschichte mit den Winterrosen der Klara ist so eine Phantasie. Die beiden scheinen ja wirklich gut zusammenzupassen in ihren Verrücktheiten.« Der Anwalt schaut mich nur an, er sagt nichts. »Na ja«, sagte ich, »was geht's mich an, wenn andere religiös verrückt sind?!«

Der Anwalt sagt: »Wenn Sie wollen, kann ich Ihnen ein Treffen mit einem Psychiater in Perugia arrangieren.

Es ist der, welcher Franz untersuchen sollte, des Prozesses wegen, aber daraus wird ja nun nichts. Aber der Psychiater kennt Franz und hat viele Informationen. Sie werden sich mit ihm gut verstehen, meine ich. Hier die Adresse.«

4. September

Der Psychiater: weißer Mantel, graue Mähne, scharfe, übergroße Brillengläser, nervöse Hände. Gibt mir zehn Minuten Zeit.
»Franz Bernardone? Exzentrischer junger Mann. Neurotisch. Schwere Mutterbindung, daher Eifersucht und Haß gegen den Vater. Zu viel Phantasie. Erhitzte Gefühle. In allem übertrieben. Hemmungslos in allem. Führereigenschaften, unkontrolliert, daher gefährlich. Anspruchsvoll in jeder Hinsicht. Verwöhnt. Von sich eingenommen.
Plötzlich Überdruß, Langeweile, Ratlosigkeit. Wiederum plötzlich radikale Änderung. In allem jetzt das Gegenteil: statt Lebensgenuß Verzichte, statt Müßiggang Arbeit, statt Führungsanspruch extreme Demutshaltung, Ausbruch religiöser Neigungen, ekstatische Frömmigkeit bis zur Hysterie, gelegentlich Eindruck der Besessenheit, Gespräche mit Engeln und Dämonen. Gleichzeitig aber Anspruch darauf, als Sozialreformer zu wirken. Offenbar Schizophrenie: ein Teil der Persönlichkeit normal und vernünftig, der andere chaotisch. Immer noch Neigung zu großen Szenen, provokatorischen Reden, schockierenden Unternehmungen. Im Augenblick kein klinischer Fall, aber allmähliche Entwicklung einer Psychose nicht ausgeschlossen.«
Fünf Minuten sind vorüber. Unversehens stehe ich vor der Tür. Mir ist wirr im Kopf und irgendwie übel. Ich setze mich auf eine Bank im Korridor und rauche eine Zigarette.

Da kommt ein anderer Weißkittel und fragt, ob ich bei ihm angemeldet sei, ich sitze offenbar vor seiner Tür. »Nein, ja, doch, aber…«, sage ich. Er lächelt nachsichtig, er hält mich für einen Patienten und führt mich in sein Ordinationszimmer.

Ich erkläre ihm, daß ich im Augenblick verstört sei, aber sonst wohl bei gesunden Sinnen. Er will Näheres wissen. Ich erzähle ihm kurz von meiner Arbeit und von der Diagnose, die ich soeben gehört habe. Er runzelt die Stirn. »Hören Sie auf meinen Rat«, sagt er, »und fragen Sie niemanden mehr wegen Franz. Er läßt sich nirgendwo einordnen. Ist er normal? Nein. Er ist nicht die Norm, er ist der Außerordentliche. Ist er krank? Bringt ein Kranker Leistungen wie die Sanierung der Stallsiedlung zuwege? Ich glaube nicht. Also? Und wo verläuft die Grenze zwischen krank und gesund? Und wenn es diese Grenze gibt: auf welcher Seite sind die Kranken, auf welcher die Gesunden? Sind meine Patienten die Wahnsinnigen, oder sind es die sogenannten Gesunden? Werweiß. Ich weiß es nicht. Franz gehört vermutlich weder auf die eine noch auf die andre Seite.«

Ich frage: »Gibt es denn eine dritte?«

Er schaut mich lange an, dann sagt er: »Franz ist der Beweis, daß es diese dritte Seite gibt, denn er ist ihr Bote.«

Ich sage: »Das verstehe ich nicht.«

Er sagt: »Ja, ja.«

Auch das verstehe ich nicht, aber es kommt zu keinem weiteren Gespräch, denn ein Patient tritt herein. Ich muß gehen.

Weiß ich jetzt mehr als vorher?

Eines aber weiß ich jetzt sicher: Morgen fahre ich nach Rom zurück, und diese Arbeit mag machen, wer will.

Eben brachte ich das Material, aus dem ich noch auszugsweise Notizen machte (aus blödem Pflichtgefühl nur, denn gebrauchen werde ich das alles nicht), dem Anwalt zurück. Ich erzählte ihm von dem Gespräch mit dem ersten Psychiater.

»Fachidiot!« sagt der Anwalt.

»Warum haben Sie mich denn zu ihm geschickt«, sage ich ärgerlich.

Er sagt: »Eben darum.« Vom zweiten Gespräch zu erzählen, habe ich keine Lust mehr. Ich bedanke mich für die Hilfe und sage, daß ich morgen früh nach Rom zurückfahre und die Arbeit nicht schriebe.

Der Anwalt lächelt. »Ja, ja«, sagt er, »so kann es gehen.«

5. September

Morgens. Der fette Junge wartet vor der Hoteltür, er wartet stehend und bohrt nicht in der Nase. Er zeigt eine ungewohnte Spur von Eile. »Heut nachmittag um zwei Uhr vor Sant' Anna«, sagt er.

Was ist da?«

»Zwei von Franz seiner Kommune. Sie nehmen Sie mit hinauf. Aber Punkt zwei vor Sant' Anna.«

»Ohne mich«, sage ich, »und hier hast du ein Abschiedsgeschenk.«

Er schaut den Schein nicht einmal an und nimmt ihn nicht.

»Um zwei Uhr!« sagt er und verschwindet. Es tut mir eigentlich leid, daß ich ihn nie mehr sehen werde.

Jetzt habe ich gepackt und getankt, nach dem Mittagessen fahre ich ab. Leb wohl, Stadt des frommen Wahnsinns!

Nachwort

Das Buch ist ohne Schluß. Jeder Leser kann sich selber ausdenken, was mit dem Reporter geschah. Ging er mit ins Gebirge? Was erlebte er dort? Blieb er bei Franz? Kehrte er in seinen Beruf zurück? War er nach der Begegnung mit Franz verändert? Worin zeigte sich seine Wandlung? Oder verhärtete er sich gegen die neue Erfahrung? Verkroch er sich vor dem großen Anspruch, der von Franz ausging, in die bürgerlich-intellektuelle »Normalität«? Oder versuchte er im Geist des Franz zu leben, ohne seinen Beruf aufzugeben, und scheiterte er an der sogenannten politischgesellschaftlichen Wirklichkeit?

Vieles ist denkbar.

Es wäre gut zu wissen, was die Leser darüber denken, vor allem die jungen, denen dieses Buch zugedacht ist. Vielleicht schreibt der eine oder andere seine Meinung an die Autorin oder an den Verlag.

Suche den Schimmer,
suche den Glanz ...

Hans Bemann
Stein und Flöte
Ein Märchenroman, 824 Seiten, ISBN 3 522 70050 3

Anhand des überwältigen Phantasiereichtums und einer
durch seine Menschlichkeit überzeugenden Erzählweise
ist ein packender und symbolreicher Roman entstanden,
der an die große klassische Fabulierkunst anknüpft und
ein neues Stück phantastischer Literatur bildet. Ein
Roman, der von unserer Wirklichkeit handelt - in der
Tradition romantischer Märchenromane.

Weitbrecht